初恋の傷跡
〜あの日、菩提樹の下で〜
Tamaki Yoshida
吉田珠姫

CHARADE BUNKO

Illustration

古澤エノ

CONTENTS

初恋の傷跡～あの日、菩提樹の下で～

1

店の外に一歩踏み出したとたん、木枯らしが頬を打った。

池田悠一は身震いした。夕刻から曇天だったが、暗い夜空を割って白いものまで落ちてきそうだ。

暖かい店内に長くいたものだから、よけい寒さが身に沁みる。

見送りに出た若い女性店員が丁寧に頭を下げた。

「本日は、お買い上げありがとうございました。どうぞお気をつけてお帰りくださいませ」

連れの麻里奈は、寒さなど微塵も感じていないかのように弾む声で応えた。

「こちらこそ、ありがとうございました。店員さんのアドバイスがあったから、最高の指輪を選べました」

その満足そうな様子を見て、悠一は内心安堵していた。

店員さんからアドバイスをもらっても、選ぶのには三時間もかかったし、けっこう値の張るものを買うはめになってしまったが、麻里奈が気に入ってくれたのならよかった。わざわざ銀座の、それも有名宝飾店にまで足を運んだかいがあったというものだ。

麻里奈が、すぐに持ち帰れる品を選んでくれたのもありがたかった。

自宅アパートから銀座までは、バスと電車を乗り継いで片道二時間はかかる。その上、悠一の仕事先の食品工場はこれから年末にかけてフル回転だ。ただでさえ疲れる師走の繁忙期に指輪を受け取りに来るのは、正直きつかった。

「このたびは、ご婚約、まことにおめでとうございます。――お次はマリッジリングでございますね」

小さな紙袋を差し出しながら、女性店員は、にこやかに次回の来店を誘う。白地に金の箔押しで宝飾店のロゴが入っている。紙袋まで手が込んでいて高級そうだ。

悠一はつくづく思う。

――地元のモールで買おうなんて言い出さなくて、本当によかったな。

スーパーマーケット併設で小さな宝飾コーナーがあるのだが、そういうところで買っていたら、麻里奈もここまで満足してはくれなかっただろう。

自分が気のきかない人間なのは以前から承知していた。やはり彼女の希望を聞いて正解だったようだ。

紙袋を受け取る麻里奈は、零れるような笑顔を浮かべている。

「はい。近いうちにまた来ます」

「お式は来年の六月でございましたね？　では、五月までにはご来店くださいませ。マリッジリングには刻印も施しますから、二週間ほどお時間をいただくことになります」

「――だって？　悠一さん？」

麻里奈はこちらを見て、おどけたように肩をすくめ、同意を求める。

悠一は鷹揚にうなずいた。

「そうだね。年が明けたら早めに来ようね」

「新居も決めなきゃいけないね？」

「うん。忙しくなるよね」

こうやって一歩ずつ結婚へと向かって進んでいくのだろう。

むろん、もう式場も予約済みだ。

『あたし、白馬が牽いた馬車に乗りたいの。お伽話みたいなロマンティックな教会で結婚式を挙げるのが、小さい頃からの夢だったの』

うっとりと麻里奈が言うのを聞いて、あちこちからパンフレットを取り寄せた。バブル期よりはだいぶ減っていても、今もそういうサービスを行っているホテルや式場はあった。

本当はヨーロッパのお城で式を挙げたかったらしいが、さすがに時期的に難しかった。やむをえず国内を選んでもらうことになった。それでも場所は、関東ではなく九州だ。

その際も危うくよけいなことを言いそうになって、かろうじて口を閉ざしたのを覚えている。

ジューンブライドっていうのは西洋の風習で、日本の六月は梅雨にかかったりするんだよ？　雨の中、屋根のない馬車の座席に乗ることになるかもしれないけど、かまわないの？

尋ねたいことは山ほどあったが、さすがに無粋だと思った。女の子には女の子のかわいらしい夢があるのだろうから。けっきょくその時の緘黙も正解だったようだ。

麻里奈は先に立って歩き始めていた。

昔観た古い映画みたいだな、と笑い出しそうだった。あの、雨の中で傘を持って歌うミュージカル映画の俳優さながら、彼女の足はステップでも踏んでいるように軽やかだ。幸せと満足感が全身から溢れている。

まさか自分にこんな日が訪れようとは。今でも信じられないくらいだ。

麻里奈は、悠一が初めて付き合った女性だった。

年はふたつ下。どこで知り合ったのか記憶は定かではないのだが、たぶん大学の合コンだろう。

高校は全寮制の男子校だったので、当然そこではない。高校の三年間で話した記憶がある女性は、寮母のおばさんくらいのものだからだ。

大学生時代、合コンというものに、なぜだか悠一はずいぶんと引っ張っていかれた。断ってもなかば脅しのように連れていかれて――悠一がいると女子たちの集まりがいいという話だった――しかし無口で奥手な悠一は、同世代の華やかなノリになじめず、いつも浮いてしまうのだった。

声をかけてきたのは、もちろん麻里奈だったはずだ。悠一は自分から女の子に声をかけられるような人間ではない。男子校育ちの上、兄弟は弟だけなので、女性に対しての免疫がないのだ。

気づくと、麻里奈はいつもそばにいた。ほかの大学に通っていたのに、ゼミの集まりでも、学食でも。

そして大学を卒業してからは、いつの間にか付き合っているという流れとなり、なし崩しのように婚約にまで至った。

悠一にとって麻里奈は女神のようにありがたい存在だった。

彼女くらいはっきりと意思表示してくれる人でないと、きっと一生女性とは無縁の人生となっただろう。

それでも、念のために訊(き)いてみたくなる。

「……ね、麻里奈ちゃん」

麻里奈は、今日は白いコートにブーツ姿だ。下に向かって釣鐘状に開いたコートの裾が、鈴蘭の花のように可憐だった。

「うん？　なぁに？」

「ほんとに、おれなんかと結婚して、いいの？　後悔してない？」

揺れる鈴蘭が、止まった。麻里奈は振り返り、

「え？　なんで？」

「ん、…っと。ほら、麻里奈ちゃん、いつもお洒落な恰好、してるし、おれみたいにダサい男といっしょになったら恥ずかしいんじゃないかと思って」

麻里奈は頬を膨らませて言い返してきた。

「もう！　何度も言ってるじゃない！　ダサいどころか、悠一さんって、王子様系で、最高にかっこいいの！　大学時代もすごくモテてたんだよ？　あたし、みんなにヤキモチ焼かれてたいへんだったんだから！」

本気で困惑した。悠一は頭を掻いた。

「かっこよくはないし、……モテても、いないと思うよ？　王子様、とかいうのも、みんながからかってただけじゃないかな？」

昔からよくそう言われてきたが、本人だけは正反対の自己評価を下していた。

王子様どころか、自分は紛うことなき一般人だ。

服装にもまったくこだわりがない。格安量販店に入って、マネキンに着せつけてあるそ

のままを丸ごとセットで買ってくるような、色気もなにもない人間だし、なんといっても明るくはしゃぐことができないのだ。酒を飲んでもすぐ酔ってしまい、おかしな照れがあって、まわりの元気なノリについていかれない。

こんな人間といて楽しいわけがないと思う。

すると麻里奈は瞳をくるっと回して笑った。

「悠一さんって、ほんと、謙虚(けんきょ)だよね？」

「謙虚っていうか、……卑屈かも」

元来引っ込み思案ではあった。だが人に対してどうしても一歩引いてしまうのには、実家の家族問題も関係しているのだと思う。

悠一のふたつ下の弟、晃希(こうき)は、一時期少年院に入っていたことがある。

幼い頃から気性が荒く、人に逆らいがちな子だった。なにかというと両親にたてつき、兄の悠一に対しては、激しい対抗心を剝(む)き出しにしてきた。

晃希には、親が兄ばかりを褒めてかわいがっていると見えていたようだ。出来のいい兄貴ばかりを依怙贔屓(えこひいき)していると。そんなことはまったくないと何度釈明しても、無駄だった。叱咤(しった)することの多かった父に対しては、自分の親ではないのではないかと言い放ったこともある。家庭内はつねにぎすぎすとした暗い空気が流れていた。

そして晃希は、小学校高学年頃から近所の不良グループに入り、万引きやカツアゲ、傷害事件などを頻繁に繰り返し、最終的には大麻や覚醒剤にまで手を出してしまった。ヤクザの手下のようなまねまでしていたらしい。

まずいことに、両親はともに教師だった。

父は私立高校の数学教師、母は公立中学の国語教師。その子供が犯罪を犯してしまったのだ。むろん二人とも職を辞さなければいけなくなった。

どちらも厳しい教師として有名だったようだ。そのせいか、ネットの書き込み、家や電柱への張り紙、投石、いたずら電話など、ありとあらゆる嫌がらせを受けた。自分の子供さえまともに育てられない人間たちには、教鞭をとる資格はない、と。

そんな状況で暮らせるわけもない。

中三のある日、家に帰ると、もう悠一は北海道の寄宿学校に進学することに決められていた。

予定していた近隣の高校への受験話も立ち消えになっていた。

両親としては、悠一だけでも遠くに逃がそうとしたのだと思う。

気持ちは察せられたが、まったく相談なしの話で戸惑った。

悠一と晃希は同じ中学だった。それでも学校の友人たちはみな性格がよく、弟の醜聞で兄を攻撃するようなことはしなかった。だから、高校へも普通に通えると思い込んでいた。

寄宿学校進学の話に戸惑いはしても、けっきょくは親の決めた高校に行くしかなかった。

両親もまた、家を売り払い、他所へ逃げる算段をつけていたからだ。

今現在、両親は神奈川県津久井の山中で、小さなペンションを営んでいるらしい。

少年院を出たあとの弟も、そこで両親を手伝っているという。

そのようなことすべてが聞き語りのような形になっているのは、中学卒業以来、両親のところに帰っていないからだ。

『晃希の気持ちがせっかく落ち着いてきたんだから。悠一の顔を見て、また荒れたら困るわ。できるならこっちには顔を出さないで』

母にそう懇願されてしまった。なので両親が始めたという小さなペンションも、どんなところなのか悠一はまだ一度も見たことがない。

ふと、先を行く麻里奈の足が止まった。

「ねえ、見て、悠一さん!」

歩道脇に連なる街路樹を見上げている。

つられて悠一も見上げる。あたりがパアァッと輝き出した。ライトアップが始まったのだ。

あちこちから感嘆の声が上がった。人々の頬が虹色に輝いている。みなが足を止めて煌めきを増した光景に見入っている。

「すごい! これ、見たかったの! 有名なんだよ、この通りの、クリスマスイルミネーション！」

世事に疎い悠一でも、聞いたことくらいあった。悠一は、こういう時言うべき台詞を口にした。

「うん。すごく綺麗だね」

麻里奈は両手を広げ、尋ねてきた。

「ね？　あたし、お姫様みたい？」

思わず唇の端がほころんだ。無邪気さがかわいらしかった。

「そうだね。お姫様みたいだよ」

お世辞でもなんでもなく、本当にどこかの国のお姫様のようだった。

頭上から降り注ぐ光が、ティアラを着けたように彼女の髪を輝かせていた。カールした髪の先まで、光がきらきらと跳ねている。

幸せにしなきゃな、としみじみ思う。

麻里奈は自分などにはもったいない女性だ。

弟の話も……もちろん告白してある。その時も、彼女は顔色ひとつ変えずにうなずいただけだった。

『あたし、気にしないよ？　どんな弟がいても、悠一さんは悠一さんだから』

心強い言葉だった。ずっと言われたかった言葉だと、言われて初めて気がついた。長年弟に振り回されてきたが、ようやく自分にも明るい未来が拓け始めたのだと思った。

麻里奈は小走りに駆け戻ってくると、するりっと腕を絡めてきた。いたずらっぽく見上げてくる。

「寒くなってきたね？」

「うん」

「お腹空いちゃった。今日はなに食べさせてくれるの？」

「今日は、フレンチだよ」

おいしいもの好きな麻里奈のために、デートのたびにグルメサイトを見て、悩みながら店を決める。自分一人ならラーメン屋か牛丼屋くらいにしか入らないから、それはそれで毎回新鮮な楽しみだった。

麻里奈ははしゃいだ声を上げた。

「やったーっ！　もちろん予約してあるんでしょ？」

「うん。もちろん入れてあるよ。もうちょっと歩くから、そろそろ店に向かわないとね」

唐突に、視線を感じた。

悠一は何気なく歩道の前方に視線をやった。

むこうから来るのは、若い夫婦と幼い男の子。

遠目で見ても、服装の高価さがわかる。夫はパリッとした仕立てのスーツにコート、妻のほうは優美なシルエットのロングコートを着ていた。子供も父親同様の小洒落たスーツ姿だ。

夫はいくつもの紙袋を手にしていた。家族でクリスマスの買い物でもしたのだろう。見るからに、幸せなセレブ一家だった。

その中の一人が、悠一に突き刺さるような視線を投げかけているのだ。

反射的に視線を返し――一瞬で凍りついてしまった。

かろうじてだが、声を上げずに済んだ。


――玲児……っ？


車の音、人々の喧騒、すべての音が耳から消え失せた。

頭の中で後悔の想いが渦を巻く。

失敗した。まさか彼に遭遇してしまうとは。

いったいなんのために、長いあいだ東京に足を踏み入れないようにしてきたんだ。流水玲児に会いたくない、都内に住んでいるはずの彼と、どこかですれ違ったりしたくない、ただその一心だったはずじゃないか。

なのに、こんな最悪の再会をしてしまうとは。

よりによって自分は婚約者連れ、玲児のほうは、家族連れだ。

見られたくなかった。見たくなかった。

いったいどちらの気持ちが強いのか。自分でも判別できない。

悠一は動揺していたが、玲児の様子もあきらかにおかしかった。五メートルほど先で足を止めたまま、身動きできない様子だ。

麻里奈が脇腹をつついてきた。

「え？　なに？　誰か知り合いでもいたの？」

耳に音が戻ってきた。悠一は必死にさりげなさを装って、答えた。

「……………あ、…う、ん。知り合いっていうか、…高校時代の、クラスメイト」

説明に間違いはないはずだ。高校時代のクラスメイト。それ以上でもそれ以下でもない。

「へえ。そうなの？　紹介してよ？」

紹介？　紹介？

頭の中で麻里奈の言葉が何度もリフレインされる。

そんなことができるわけないじゃないか。

あれから何年経(た)っている？　今、悠一は二十七だ。そうすると、高校を卒業して九年ということだ。

卒業時、玲児とは連絡先も交わさなかった。じゃあな。元気でな。そんな程度の別れの言葉だったはずだ。本当に、ただ一時クラスメイトだった、それだけの間柄だ。

そもそも流水玲児のほうは、自分などを覚えているのか？

比較的よく話をしたとは思うが、玲児は誰とでも気さくに話すやつだった。自分だけが特別なわけではない。今、いかにも知り合いぶって挨拶などしたら、驚かれるのではないか。

だが、麻里奈だけではなく、むこうの妻子も怪訝そうに玲児の顔を見ている。

玲児は渋々といった様子で動いた。こちらに歩み寄ってくる。育ちのよさが表れているような洗練された身のこなしだった。

「ひさしぶり。元気だったか？」

歯を見せて笑った。あきらかに作り笑顔だったが、数年を隔てて会った、ただの高校時代のクラスメイトにもそつのない言葉をかけられるのだ。彼のこれまで歩んできた堅実な人生が垣間見えるようだった。

心臓が軋んだ。玲児の顔を間近で見て、声を聞いただけで、めまいが起きそうだった。

彫りが深く、鼻筋の通った凛々しい面差しが、年を重ねたことによりさらに端整になっていた。

玲児の笑いを受けて、悠一のほうも懸命に明るい表情を作って応えた。

「ああ。元気だよ。ひさしぶりだな。九年ぶりかな?」

「うん。そうだな。九年ぶりだ」

懐かしい声だった。昔は軽めに聞こえた口調も、さすがに落ち着いた語り口になっていた。

「どっちも年とったな」

「ああ。年とったな」

二人とも顔に笑みを張りつかせたまま、大根役者の吐く台詞のように感情のこもらないあたりさわりのない会話をする。

「ゆんち、今、なにやってるんだ?」

問いかけに、反射的に応える。

「おれは、…普通に、サラリーマンだよ。農業大学の畜産学科を出たから、その流れでね。食品会社だよ」

そこで気づく。玲児は高校時代の渾名(あだな)で、悠一を呼んだ。

覚えていてくれたんだと、一瞬甘狂おしい痛みに襲われた。

「研究とかか?」

懸命に平静を取り繕う。

「いや、できたら現場の酪農(らくのう)に関わりたかったけど、なかなかそうもいかなくてね。工場の生産ラインで働いてるよ」

礼儀なので、こちらからも質問する。

「きみのほうは?」

玲児はわずかにためらいを見せたが、

「俺は……女房の父親の会社で、腰かけ社員だよ。娘婿だから、いちおう肩書きだけは副社長ってことになってるけどな。あとは、うちのおやじの秘書っぽいことも、この頃ちょっとやらされてる」

玲児の父は政治家だった。それも、次期総理と目されている流水清吉(せいきち)だ。

「……そうか……」

高校時代の玲児は、父親の跡継ぎになることをひじょうに嫌がっていた。

政治家たちの権謀術数(けんぼうじゅつすう)の世界が性に合わない。あいつら、金と権力と選挙の票のことしか考えていない。もちろん、世の中には清廉潔白な政治家もいるんだろうけど、うちのおやじはクズだ。おやじだけじゃなくて、先祖代々ほとんどが政治家だっていう、うちの親族、みんなクズばっかだ。そんな家系に生まれてしまったのがつらい、と。

それでも今、流水清吉の秘書をやり始めているならば、やはり親の敷いたレールからは逃れられなかったのだろう。

口ごもる悠一に、玲児は苦笑まじりでつづけた。

れた。

「しかたないさ。もうあきらめた」

小さな声だったから、まわりには聞こえなかったかもしれないが、悠一だけには聞き取れた。

そこで、悠一の腕に摑まっていた麻里奈が声を上げた。

「あの、……こんばんは！」

初対面であるにもかかわらず、屈託なく玲児に語りかける。悠一の腕から手を引き抜き、玲児に向かってぺこりとお辞儀をした。

「悠一さんの、高校時代のクラスメイトさんなんですって？　副社長さんって、すごいですね！　若いのに、…悠一さんも、ほんとはすごいのに、研究所勤務蹴っちゃって、あたし、ちょっと不満なんですよね。だって、小さな工場勤務じゃつまんないじゃないですか。もっと偉くなってもらわないと」

少々焦った。いったいなにを言い出したんだ。麻里奈の無邪気さを好ましく思っていたが、時と場合による。今はそんなことを言うべき時ではない。

「麻里奈ちゃん！」

止めようとしたのだが、麻里奈ははしゃいだ口調でつづける。

「あたしたち、今日は、エンゲージリング買いに、こっちに来たんです。ちょっと高かったんですけど、奮発してもらっちゃった！」

誇らし気に宝石店の紙袋を持ち上げて見せる。

「そちらも、ご家族揃ってお買い物みたいですね？　素敵ですね！　普段から銀座でお買い物なんて、すごくリッチ！　憧れるわぁ！」

麻里奈の明るい声が、遠い耳鳴りのように聞こえる。

どうして今、そんなことを言わなきゃいけないんだ？　悠一の工場勤務を嫌がっているのは知っていたが、こちらがエンゲージリングを買ったことなど、彼にわざわざ言う必要はないじゃないか。

表情を変えてはいけない。そう思うのだが、自分が今どんな顔をしているのかわからない。視線が玲児からそらせない。

「…………結婚、……するんだ？」

街路樹のイルミネーションが反射して、その表情は読み取れない。自分のほうもそうであったら、と願う。悠一は、かろうじて声を発した。

「……うん。結婚する、んだ」

「いつ？」

「来年。六月」

もういいだろう。挨拶は済んだ。頼むから、じゃあ元気で、と言ってくれ。お幸せに、でもいい。そうでなければ動けない。

そこで、視界の下のほうから焦れたような声がかかった。玲児のふとももものあたりだ。

「おとうさん、まーだぁ?」

あどけない声の中の、おとうさんという言葉が、ぐさりとくる。心臓に焼け火箸でも突き込まれたようだった。

視線を落として、見る。玲児によく似た男の子だった。整った顔立ちで、利発そうだ。動揺するな。うまくやりすごせ。そうするしかないんだから、にこやかに笑え。そう自分に命じても、顔の筋肉はいっこうに動いてはくれず、声も口から出てはくれない。

それまで黙っていた、たぶん玲児の奥さんであろう女性が、軽くかがみ、子供の背を叩いた。

「ほら。お兄さんとお姉さんに、ご挨拶なさい」

普段からきちんと教え込まれているのか、母に促され、男の子は元気よく声を上げた。

「ながみ、おりおん、です! 四さい、です!」

反射的に玲児の顔に視線をやっていた。

子供が四歳ということは、大学を卒業してすぐに結婚したのだ。

悠一の考えを察したように、玲児が応える。

「五年前に、結婚したんだ」

「……そうなんだ」

「織る音って書いて、おりおん、だ」

「……そっか」

玲児は軽く斜めうしろに向かって顎をしゃくった。

「典代(のりよ)、だよ」

その名には聞き覚えがあった。

玲児は生まれた時から人生のすべてを決められていたらしい。そういう話を時々こぼしていた。

悠一たちの通っていたM学園は、中等部と高等部のある男子校で、北海道の山中、ほとんど陸の孤島のような場所に建っていた。

雪国の山奥なので、むろん一年の数か月間は雪に降り込められる。とくに、車などの移動手段を持たない生徒たちは、学園の校舎と併設された寮との行き来だけで冬を過ごさなければいけなかった。

そんな学校に入っている生徒たちは、それぞれ訳ありの子ばかりだった。

半分ほどは、家庭に問題のある子。芸能人の隠し子なども数人いた。あとは自身の素行が悪いか、いじめなどにより地元を離れざるをえなかった子。

悠一は弟のトラブルで高等部から入学したが、玲児は父親や親族の無理解から逃れるために、中等部三年で編入したのだと語ってくれた。

どういうきっかけでそういう話になったのかは覚えていない。その時、話を聞いていたのは、悠一ともう一人だけだったはずだ。

まわりに人けがなかったため、玲児もついつい自身の生い立ちを吐露してしまったのかもしれない。

『……俺んち、父親とか親族とか、みんなで俺を政治家にするつもりでさ。もう、なにもかもが決められてて、嘘みてぇな話だけど、生まれた時から婚約者までいるんだぜ？』

驚く悠一たちに、玲児は眉を顰めて言った。

『その婚約者、典代っていって、五歳上のいとこなんだよ。父方の叔母さんとこの、長女。いろいろ助けられたし、けっこう美人だから、それはまぁいいんだけどさ。……なんせ性格がめっちゃキツくて。それに、ガキの頃から知ってっから、どうも、女っていうか、親戚の姉ちゃんとしか思えねぇんだよな』

その時、そばで悠一といっしょに聞いていた生徒が呆れたように尋ねた。

『なに？　ながみー、親のいいなりで、そのいとこと結婚するつもり？』

玲児は言い返した。

『だから！　なんとか逃げようと頑張ってんだよ！　そのために、ここに入ったんじゃん。俺は政治家なんかになりたくねぇし、典代と結婚すんのも冗談じゃねえ、っての！』

高校時代の玲児の、少々やんちゃな物言いが思い出される。

口が堅いと認めてくれたのか、玲児は悠一に対してはそのほかにもいろいろ子供時代の事件を語ってくれた。

流水家では親戚付き合いがたいへん濃密で、盆暮れには一族郎党が子供まで集められたらしい。その際、酒盛りを始めてしまう大人たちに辟易して、子供たちはいつも庭でかくれんぼやら鬼ごっこをして遊んだという。

玲児は本家の一人息子だった。分家の大人たちは露骨なくらい媚び諂ってきたが、子供たちからはいじめのようなことをされてきたらしい。

とくに年上の男の子たちは、大人が見ていない時にはかなり悪質な嫌がらせを仕掛けてきた。真冬、池に突き落とされたこともあった。

そういう時、悪ガキ連中を蹴散らして助けてくれるのは、いつも典代さんだったという。

玲児は自嘲的に言った。

「……けっきょく、典代と結婚したんだよ、俺。……笑えるだろ?」

悠一は唇を嚙み締めた。もう耐えられなかった。自分はうまく表情を隠せているだろうか。

それよりも、なぜ玲児はさっきから言い訳がましい言い方をするのか。

――気まずいのかもしれないいな。

あれほど嫌悪していた人生を、しかたなしでも歩まざるをえなかった。そんなことは、昔の知り合いには知られたくなかったのだろう。

　悠一と玲児の話が弾まないのを見ても、麻里奈だけはおかまいなしに語りつづけた。

「お子さん、すごくかわいいですね！　ご両親が美男美女だから、すっごいイケメンに育ちそう！」

「ありがとうございます」

　素直な賛辞に、奥さんも破顔した。黒髪ショートのボブヘアー。眉尻が上がりぎみの濃いメイクがよく似合っている。ハイヒールを履いていたが、背も高く、百八十を越える玲児とも、十センチ程度しか変わらない。確かにモデルでも通用しそうな美人だった。

「奥さんのコート、ハイブランドですよね？　それも今シーズンの新作！　すごい、ほんと、見るからに社長令嬢って感じ！」

　典代さんは苦笑ぎみに笑った。赤いルージュを塗った唇の端が、きゅっと上がる。

　昔と変わらず、きっと今でも玲児を守ってくれているのだろう。なにがあっても臨機応変に対応できる、しっかり者のいい奥さんに見えた。

　政治家というのは血の結束で地盤を固めると聞いたことがある。生まれた時からの婚約者でも、政治家にならなければいけない定めの玲児には、確実に必要な人だったはずだ。

　怖いものなしの麻里奈は、典代さんにも親し気に語りかけた。

「あの、……奥さん、ＬＩＮＥ交換しません？　せっかくお知り合いになったんですから。

…あ、メアドでもかまいませんし。あたし、お近づきになりたいです」

目を見開いたが、典代さんはにこやかにうなずいた。

「……ええ。かまいませんよ」

「やった！　じゃあ、あたしのアドレス、これです」

スマホを取り出した麻里奈につられるように、典代さんもバッグを探ってスマホを出す。

話を弾ませている女性たちの横で、——悠一と玲児は、無言で見つめ合っていた。

初対面の人に、あまり馴れ馴れしいことを言ってはいけないよと、麻里奈を窘めなければいけない。そう頭の片隅で思うのだが、喉の奥が痺れているようで、声が出ない。胸が詰まって、苦しい。

頼むから、目をそらしてくれ。

一刻も早くこの場から去りたいんだ。

そう願っているのに。なぜだか玲児はずっと悠一の顔を見つめているだけだった。

2

自分はまともに歩けているのだろうか。

気づくと麻里奈と二人、レストランに向かっていた。うまく別れの挨拶を言えたのかも覚えていなかった。

北風はもう寒くはなかった。頬を打ってはいたが、鈍い痺れにしか感じなかった。

九年間会わずにいて、なんとか消し去ったと思い込んでいた胸の炎が、玲児の顔を見たとたんに再燃（さいねん）してしまったようだった。

――変わっていなかった。

整った顔立ちなのに、笑うと、クシャっと鼻の付け根に皺（しわ）が寄る。

人を茶化して、軽口ばかりを叩くようなやつだった。男だけでむさくるしくなりがちな寄宿生活だったが、玲児はいつも寮内を明るくしてくれるムードメーカーだった。

クラス内で喧嘩が起きそうになっても、玲児が笑いながらあいだに入ってくれれば、けっきょくはどちらも鉾（ほこ）を収めた。

みんな、玲児が好きだった。

人の輪の中心にはつねに玲児がいて、楽しいこともすべて玲児が率先して行っていた。玲児は女性の話などにも詳しく、誰もが彼の話を聞きたがった。

寮は二人部屋で、悠一の部屋と玲児の部屋は違ったが、消灯時間になっても玲児の部屋はいつも人が集まっていて騒がしかった。

一年から寮長を任せられていた悠一は、困ったふりを装いながらも、玲児の部屋に消灯命令を告げに行くのが楽しみだった。

玲児の華やかさと陽気さに、悠一は憧れていた。

真面目で堅苦しすぎると言われる悠一にとって、玲児は自分の理想を具現化したような人間だった。ああいうふうに生きたいと、ああいうふうに人を楽しませることのできる人間になりたいと、いつも願っていた。

気がつくと、目はつねに玲児の姿を追っていた。

卒業してからも、玲児の夢は幾度も見た。そのたびに、あれは学生時代のたんなる憧れだと、玲児に今会っても、もうすっかり所帯じみたおっさんになっているはずだと、そう自分に言い聞かせてきた。自分は美しい思い出に酔っているだけだと。

しかし、実際に年を経た流水玲児を見て、愕然(がくぜん)とした。

瞬時に高校時代に戻ってしまったような錯覚に陥った。

変わっていなかったのは、自分の心のほうだ。

たった三年間。人生の中の、ほんの一瞬だ。なのにM学園での生活は、悠一の魂に食い込むほど強烈な記憶となっていた。

胸の中が焼け焦げているようだった。鉛でも呑み込んでしまったように、重く、つらい。

――憧れ、なんていう生易しい感情じゃなかったな。

悠一は無意識に自分の胸に手をやっていた。抑え込みたい。そうしなければ、気持ちが溢れ出してしまう。


ぼんやりしたまま、いつの間にか予約していたレストランに辿り着いていた。

急に歩を止めた悠一に、麻里奈が問いかける。

「ここ?」

「うん」

「あ、このお店の名前、聞いたことある! 有名なお店だよね?」

機械的に返事をした。

「そうだね。創作フレンチがけっこう評判らしいね」

新進気鋭の若いシェフが、近頃よくメディアに顔を出していた。

麻里奈は手を合わせて声を上げた。

「嬉しい！　悠一さん、ぜったいイイお店に連れてきてくれるから、毎回ほんとに楽しみなんだ！」

いつもなら嬉しい麻里奈の賛辞が、よけい心を軋ませる。

情けない。いったいいつまで過去の想いに翻弄されているんだ。

現実をしっかり見ろ！　自分は今、なにをしている？

今日は婚約者にエンゲージリングを買った。都内のフレンチ店でこれから食事を楽しみ、そして今夜はホテルに宿泊する予定だ。

流水玲児のことは脳裡から消し去れ。

今日は偶然出会ってしまったが、もう二度と会うはずのない人だ。


店内はシックな色調で統一されていて、洒落た雰囲気だった。

全体的にこぢんまりとしていたが、それがかえって功を奏しているようで、隠れ家的な落ち着きを醸し出していた。

予約しておいた池田ですと名前を告げる。席に案内され、座ってから、麻里奈は小声で言った。

「……緊張する～。あたし、こういうお店、初めて」

「おれもだよ」

少し背伸びをしすぎたかもしれない。

気軽に入る店ではなかったと後悔しかけたが、そこはさすがに高級店だった。見るからに場慣れしていない悠一たちにも、親切にあれこれ教えてくれた。

無難なコース料理を注文し、ワインもウエイターの勧めたものを頼んだ。

変に恰好をつけるより、身の丈に合った注文でかまわないだろうと考えたからだ。

運ばれてきた肉料理におっかなびっくりという体でナイフを入れていた麻里奈は、感心したように話を振ってきた。

「悠一さんは、ナイフとフォーク使うの、うまいね？　あたし、あんまりうまくできない」

「そうかな？　――たぶん、高校で厳しく教えられたからじゃないかな？　……ほら、言っただろ？　北海道の、陸の孤島みたいなところだったから、ほかにすることもなくてね、礼儀作法とかも三年間みっちり叩き込まれたよ。今となっては、ありがたい話だけどね」

訊かれてもいないのに、さらにつづける。

しゃべっていたほうが多少でも胸の痛みを紛らわせる。

「ミッション系の学校でね、普通の学校というよりは、修道院みたいだったな。情操教育のためだか、それとも陸の孤島で食材確保がたいへんだから、少しでも自給自足をしたかったんだか、普通の学校ではしないような作業もさせられたんだよ。牛の世話とか、じゃがいもとか玉ねぎとかの農作物を作ったりね。校庭の端に牛舎と畑があって、…牛は四頭いたかな？　――でも、それ、ある程度生徒たちが管理しなきゃいけないんだよ。専門の人は二、三人しか常駐してなかったしね。それに、近隣の牧場や農家で人手が足りない時なんかは、ボランティアで手伝いに行かされたりね。けっこうハードだったよ。制服と体操着のほかに、全員、長靴と作業着を渡されてたくらいだからね」

「へえ。男子校の寄宿学校っていったら、マンガのギムナジウムみたいな、ハイソでおっしゃれーなとこ想像しちゃうけど？　そうじゃなかったの？」

「お洒落はお洒落だったと思うよ。校舎とは別に、礼拝堂とかもあったしね。それは、男の目で見ても洒落てた。外国の教会から移築したとかで、赤い三角屋根で、レンガ造りで、ステンドグラスが嵌まってた。…あれ、陽の光が射すと、ほんとにキラキラ綺麗なんだよね」

手で三角を作ってみせる。

ステンドグラスと聞いて、麻里奈は羨ましがった。

「ええ～。いいなぁ。あたしもそういう学校、行きたかったなぁ」

ワイングラスを取って、ひと口飲んだ。

悠一はあまり酒に強いほうではない。その程度のアルコールでも、全身に血が巡るのがわかった。

このまま高校の話を進めようとした矢先、麻里奈が話を変えた。

「ところで――ねえ、さっきのお友達の夫婦。すごくお似合いだったよね？」

ぎくりとしたが、鸚鵡返し（おうむがえし）のように繰り返した。

「そうだね。すごくお似合いだったね」

「映画でも観てるみたいだった！　クリスマス前、お金持ちの家族連れで、お買い物してるの。なんかうしろに、ヨーロッパの街並みとか見えそうだったよ」

鈍色（にびいろ）の鉛が腹の中で膨れ上がった。麻里奈の言った画像は、さきほど悠一が思い浮かべたイメージと酷似（こくじ）していた。

「……うん。ほんとに、そんな感じだったよね」

「幸せそうだったし、あのお友達、ほんとかっこいいよね！　…あ、悠一さんとは違ったタイプでね？　悠一さんは穏やかな王子様系だけど、あの人、ちょっと遊び慣れたふうで、危険な男の香りがするって感じかな？　でも、奥さんも迫力の美人だったから、ほんとお似合いだったよねぇ。――それにしても、副社長ってことは、次期社長ってわけでしょ？将来安泰で、いいなぁ」

玲児は幸せに暮らしている。誰が見ても、そう思うはずだ。

悠一は気持ちを抑えて、言った。

「お金持ちっていうのは、そのとおりだしね。奥さんのほうの会社経営に携わっても安泰だし、なんといっても彼は、流水清吉の一人息子だからね。政治方面に進んでも安泰なんだよ。東京の選挙区で、お父さんの力は絶大らしいからね。流水清吉、…知ってるでしょ？　国会議員の」

うわぁ、まじで？　と麻里奈は頓狂な声を上げた。

「知ってる知ってる！　次期総理大臣になるんじゃないの？　っていうおじさんでしょ？　ちょっと、スケベおやじっぽい顔つきの」

露骨な物言いに苦笑した。流水清吉という人に直接会ったことはないが、世間の印象はそういった感じだろう。

実際、たいへんな艶福家だという。流水清吉にはお妾さんが何人もいて、あちこちに妾宅を構えているらしい。

玲児の母という人は、夫の長年の放埒に心を病み、玲児が中学生の時に自死を選んだ。だが外聞と、妻の実家からの融資打ち切りを恐れた父により、表向きは病死ということにされたのだと、玲児は苦々しい口調で話していた。

「じゃあ、あの人も政治家めざしてるわけ？」

めざしているのではなく、一族の総意でめざさざるをえなかった。それが真実なのだが、そんな裏事情を麻里奈に語ってもしかたない。

「うん。たぶんね」

麻里奈は、今日はいつもよりさらにはしゃいでいるようだ。肉を頬張りながら、すごいすごいと連発している。

「あの人だったら、女性ファンが山ほどつきそうだよね。テレビとか出たら、政治とか興味ない人でも、おっかけしそう。ほーんと、イケメンだもんね。でも、あのおじさんとは、あんまり似てないよね？」

「彼はお母さん似だって言ってたよ」

「じゃあ、お母さんがすっごい美人だったんだね？」

もうそれ以上は尋ねてほしくなかった。玲児の話はこれくらいでやめておきたかった。流水家の家庭事情を人に話すのはまずいと思ったし、もし世間に噂が広まってしまったら玲児を困らせるだけだ。それに、せっかく信じて打ち明けてくれた彼を裏切ることはしたくない。

悠一は唇を嚙み締めて、黙った。

——昔とは違うんだ。おれも、彼も。

どちらも自分の道を歩み始めている。未来を憂い、情けない泣き言ばかりを吐いていた少年時代の自分たちではないのだ。

カードで食事の代金を払い、店外へと出る。しばらく歩き、ホテル方面へと向かう。もちろんそちらも予約を入れてある。

エントランス前でさりげなく背を押すと、麻里奈はあたりまえのようにうなずいた。泊まりになるかもしれないとは伝えていなかったが、彼女もそのつもりだったようだ。

室内に入り、バッグと宝飾店の紙袋を椅子に置き、麻里奈は尋ねてきた。

「悠一さん、先、シャワー浴びてきたら？」

ふいにホテルに連れ込んでも、麻里奈は狼狽(ろうばい)の色も見せない。最初からそうだった。びくついているのは悠一だけだ。

「あ、…うん、じゃあ……」

こういう場所に慣れているのかもしれない。

それの意味していることは、むろん、男性経験があるということだ。

訊いてはいけないことだと思って一度も尋ねてはいないが、その予想はたぶん正しいはずだ。麻里奈はかわいらしく人懐こい。今まで恋をしたことくらいあっただろう。

バスルームのドアを閉めて、ようやく息がつけた。

悠一はその場にしゃがみ込み、大きく深呼吸した。

身体(からだ)は冷え切っているのに、胸の熱さが消えない。

瞼(まぶた)を閉じると、フラッシュバックのようにさきほどのシーンが蘇(よみがえ)る。

「………情けない」

今まで幾度その言葉をつぶやいたことだろう。

流水玲児が人を魅了する人間だというのは確かだが、彼は同性だ。

その上、今は既婚者で、子供までいる。自分たちの未来になにかが起こることはない。

若い頃、同性に恋心じみた想いをいだくのは、それほど珍しいことではない。

一時期の風邪のようなものだ。とくに、寄宿学校という狭い空間に閉じ込められていたのだから、しかたのない話だった。

実際、M学園では何組かの公認カップルもいたくらいだ。

それでも今自分は二十七歳だ。いいかげん過去の虚しい想いは胸の中から消し去らなければいけない。

シャワーコックを捻り、頭から熱めの湯をかぶった。

冷えた身体にぴりぴりとした刺激が走った。

——気持ちを入れ替えなきゃ駄目だ。

今日こそは、麻里奈と一線を越えようと決心してきたじゃないか。

彼女とは二度泊まったことがあるが、二度とも事に及べなかった。たぶん麻里奈は、悠一が童貞だということを察しているだろう。

わかっていながら責める言葉は吐かない。麻里奈は本当に思いやりのある優しい子だ。

とにかく、前へ進まなければいけない。

明日は悠一の両親に麻里奈を会わせる予定だ。婚約者を紹介したいという名目で、ようやく両親から訪問の許可を得られた。

麻里奈のほうの両親には、もう三か月も前に会っていた。

『わがままな娘だけど、よろしく頼むな?』

『幸せにしてもらうのよ、麻里奈』

お決まりのような会話。慈しみ深い表情で微笑(ほほえ)むご両親。

あの時、頭を下げて、『かならず幸せにします』と誓ったじゃないか。

こんな自分に嫁ぐ決心をしてくれた麻里奈に、悲しい想いをさせてはいけない。

悠一がバスルームから出ると、麻里奈があとにつづいた。

ほどなく出てきた彼女は、髪もしっかり乾かして、ホテル備えつけの浴衣を着ていた。

下着をつけていないのが、身体の線から察せられた。その生々しさにたじろいだ。

とたんに空気が粘度を増したようだった。

「明日、早いんだよね、悠一さん? じゃあ、すぐ寝ようね?」

返事をする前に、麻里奈はベッドの横、身体を強張(こわば)らせている悠一に抱きつくように潜り込んできた。

彼女の髪から、備えつけのシャンプーではない香りがした。持参してきたのかもしれない。

抱きつかれている肌の肉感。女性の身体の柔らかさと曲線が、悠一を徐々に追い詰めていく。

時計の音がいやに耳障りだった。

ホテルの寝室に音のうるさい時計など取りつけているわけはない。気のせいだと思っても、不甲斐(ふがい)ない悠一を責める音がカチカチと響いているような気がしてならない。

息を殺して、必死に耳を澄ませた。

麻里奈の寝息が聞こえるまで待とうと思った。

三十分ほども経ったか。さすがに焦(じ)れたのだろう、麻里奈が小声で訊いてきた。

「疲れた？」

唾を飲み込んだ。やっぱり寝てはくれなかったか。

そんなことはないよ、と寝返りを打てばいい。そうして覆いかぶさればいい。

なのに手足が痺れたように動かない。

麻里奈を抱く、……いや、女性を抱くという行為に、悠一はどうしても積極的になれなかった。

馬鹿らしい。男なら誰でも越える山だ。なにを怖気(おじけ)づいているんだ。一度肌を合わせたら病みつきになるかもしれないじゃないか。そう自分を嗤(わら)ってみても、尻込みする気持ちが邪魔をする。

幾度も唾を飲み込み、ようやく悠一は苦い言葉を吐き出した。

「…………………うん。たぶん、疲れてるんだと思う。ちょっと、胸焼けが治まらなくて……」

少し大きめの嘆息が聞こえた。わざと聞かせているようだった。

「じゃあ……今日もしたくないのね？」

「……ごめん」

謝りながら、安堵している自分がいる。

考えようによっては、よかったのかもしれない。これでしばらくは猶予ができた。少なくとも、今晩はその行為をしなくていい。

それからは、どちらも無言だった。

部屋の空気はさらに重苦しく淀んでしまった。

悠一の罪悪感と、麻里奈の、言葉にしない失望感が、ぐるぐると渦を巻いて、のしかかってくるようだった。

――よりによって……。

どうしてこんな日に、玲児と会ってしまったんだろう。

隣で麻里奈が寝ていなければ、呻き声を上げていたかもしれない。

玲児の姿を思い出しただけで、下腹部が重怠くなる。今、ベッドの横で、婚約者が寝ているというのに。

いつまでも報われない想いに翻弄されている自分が、あまりに哀れで、惨めだった。

忘れようと踠いた、これまでの年月はいったいなんだったのか。

だがきっと新しい生活に入ってしまえば忘れられる。

あと半年と少し。そうすれば自分は既婚者だ。

玲児のほうは……もう何年も、既婚者で、子供までいる。

自分たちを隔てている壁はどんどん厚くなる。

それでいい。別の世界の人間だと思えば、邪な感情など消えて失せるだろう。彼とどうこうなれるわけがない。

そう思っていても、悠一は脳裡から玲児の裸体を消しきれずにいた。

寮生活というのは残酷なもので、いっしょに風呂に入らなければいけない場面も頻繁にあった。

悠一は奥歯を嚙み締め、おぞましい画像を振り払おうとした。

風呂で盗み見た玲児のあの逞しい身体に、奥さんは触れたのだ。触れて、彼に抱かれ、彼の子供を産んだ。

女でありさえすれば、まだ自分にも一縷の望みがあったかもしれない行為、たとえ遊びでも、『妾』という存在であっても、玲児と身体を繫ぎ合わせることができたかもしれない。

しかし、自分は男だ。

忘れてはいけない。自分は、玲児と同じ性だ。

よかったと思うしかない。女であったなら、たぶんなりふり構わず彼にまとわりついてしまっただろう。

暗闇の中、無意識で小さく十字を切っていた。

主よ、許したまえ。

M学園で強制的にさせられていた祈りのポーズだが、それがいつの間にか沁みついていた。なにかあるたびに神に祈ってしまう。ほかに救いを求めるところが、どこにもないので。

——邪な想いを消しきれない哀れな子羊に、救いの御手(みて)をお伸ばしください。

彼の面影を、……どうか、お願いですから、この胸から消し去ってください……。

みずから望んで行った地ではなかったが、初めて北海道に降り立った時の感動は、今でも忘れられない。

広い。見上げれば、どこまでもどこまでも真っ青な空で、目を下ろせば、見渡すかぎりの緑の大地。

生まれて初めて地平線というものを見て、写真や映像で見るのとは大違いだということを実感した。

あの、自然に吸い込まれそうな、自分がちっぽけな塵(ちり)にでもなってしまったかのような矮小感(わいしょうかん)と、すべてを包み込んで許してもらっているような、泣けてくるほどの安心感。

それからも北海道での日々は驚きの連続だった。悠一は東京生まれ東京育ちだったため、なにもかもが新鮮で興味深かった。

短い春、夏、秋を過ごすと、すぐに冬だ。

一面白銀の世界となる雪国の冬は、異世界にでも紛れ込んでしまったかのような錯覚を

3

いだかせた。

地上の色が失われ、すべてが雪に覆いつくされてしまう。

そんな日々が、半年近くもつづくのだ。

さらに脅威だったのは、なんといっても寒さだった。

なまじ屋内暖房がきいているせいか、一歩外に出た際に襲われる寒気は強烈だった。鼻腔から入り込み、一瞬で肺にまで到達してしまう。千の針でも呑み込んでしまったかのようだった。血圧が急上昇するのか、後頭部もずぅんと重くなる。

肌があらわになっているところが、水分を失い、乾く。眼球までもが凍りつきそうで、せめて涙を溢れさせようと無意識に瞼をぎゅっと閉じている。

寒いというよりは、痛い。巨大な氷の魔物に、大きな手で全身を握り潰されているようだった。

むろん、冬ではない季節はこの世の楽園のように穏やかで過ごしやすかったが、やはり一番思い出深いのは、真冬の極寒だ。

自分の意思で選んだ寄宿学校ではない。戻る場所さえなかった当時の悠一にとって、北海道の生活はかなりつらかった。なのに記憶は、澄んだ水のようにかぎりなく清冽だ。

「ゆんちー！　ウメコー！　俺も手伝ってやるよー！」

雪の中、大きく手を振って駆けてくる玲児の姿が、今でも瞼の裏に焼きついている。

ウメコが声を上げて笑う。

「あ、やっぱり来たね、ながみー」

ウメコ——本名は梅田康弘だったか。

某女装有名タレントのようにたいへん大柄な男で、少々オネエっぽく見えたため、そういう渾名がつけられたようだ。

しかし某タレントと大きく違ったのは、あちらは頭脳明晰で毒舌も吐けるが、ウメコは気が弱く、他人に逆らえないタイプの人間だった、ということだ。

男ばかりの寄宿学校では、弱い人間が真っ先に攻撃を食らう。

中学からM学園に在籍していたというウメコは、いじめの恰好の標的にされていたらしい。

それでも悠一は、ウメコとは気が合った。いっしょにいてとても楽しい人間だったからだ。

少々舌ったらずなウメコは、悠一とうまく言えず、『ゆんち』になってしまったが、その渾名が広まったことも、じつは悠一にとっては嬉しいことだった。

小学校でも中学校でも『委員長』だの『生徒会長』だの、はては『王子』などと呼ばれて、人から一歩距離を置かれていた。そんなふうに親しみのこもった渾名で呼ばれたのは初めてだった。

ウメコに呼びかけられた玲児は、ニヤッと笑ってみせた。

「おう。今日も来てやったぜ」

「べつに来てくんなくてもいいのに〜。僕とゆんちでできるのに〜」

ふてくされたようにそう言うウメコだったが、嬉しさは隠しきれていなかった。

ウメコと悠一は寮で同室だった。いじめに遭うウメコを見るに見かねて庇い、一年の二学期くらいまではともに攻撃を食らったが、物を隠されても無視をされても悠一が淡々と受け流していたので、いつの間にか二人に対するいじめは減っていった。

弟の問題で子供の頃から安らぎのない生活を送ってきた。そんな悠一にとって、M学園の生徒たちの行ういじめなどは、気にかけるほどでもないかわいらしいものだったのだ。家に石を投げ入れられるわけでも、汚物を撒き散らされるわけでもない。注文してもいないデリバリー店に連日怒鳴り込まれるわけでもない。生徒数人に取り囲まれて凄まれても、彼らには本職の連中ほどの迫力はない。

それに加えて、玲児の言動が強力な助けとなった。

玲児はさりげなく、ウメコに嫌がらせをする連中を窘めたのだ。

『おめぇら、そういうことすっと、ダッセーぞ?』

当時から、彼が大物政治家の息子だということは知れ渡っていた。

学園の生徒数は、中等部、高等部、それぞれ二百人程度。親が流水清吉と関わりのある生徒も多かった。

だが、そんなこととは関係なしに、流水玲児は学園の人気者だった。彼の言動には絶大な影響力があった。

『んなことより、もっとおもしれぇことしようぜ』

いたずらっぽい笑みを浮かべて玲児にそう言われると、意地悪な生徒たちも毒気を抜かれてしまったように、みな笑った。

本当にすごい人間だと思った。

自分のように愚直な庇い方だけではなく、そんなふうにうまく人を宥め、誰とも争わずに誘導できる玲児を、悠一は本心から尊敬した。

しかしいじめは減ったといっても、面倒臭いことを押しつけられる生活は変わりなかった。

M学園の生徒たちにもっとも嫌われていた作業は、牛の世話だった。

とくに不評だったのは、牛舎の掃除だ。寒かろうが暑かろうが、早朝起き出して、牛の排泄物をどかし、新しいおがくずを敷き直さなければいけない。

各学年二人ずつ、基本的に持ち回りでやる決まりだったが、そんなものが守られるわけもない。

生真面目な人間がやってくれるとなれば、適当な言い訳を吐いて逃げる者が現れる。かろうじて作業に来てはくれても、水交換などの楽な仕事しかせず、もっとも汚い仕事は尻込みしてやらなかった。

なんやかやでウメコはいつも牛舎番を押しつけられ——二年、三年の上級生になっても、下級生たちでさえウメコを馬鹿にしてやらなかった——悠一も作業を手伝ったため、ほぼ実質三年間、二人で牛小屋の掃除をしていたようなものだった。

悠一とウメコは、毎朝五時起きで校庭の隅の牛舎に向かった。

牛舎は臭いというイメージがあるが、冬場にはほとんど匂わない。匂ってはいたのだろうが、寒さで麻痺して鼻腔から脳に信号が届かない感じだった。

牛四頭は乳牛で、搾乳仕事は専門に雇われていた酪農家がやった。搾乳時に牛舎から連れ出すので、そのあいだに清掃とおがくず交換をする。

かじかんだ手を手袋の中で何度も握り締め、なんとか指先まで血液を行き渡らせながら、牛舎の掃除をした。

掃除の時間も、寮で過ごす時も、ウメコとはいつも笑い合っていたような気がする。

どちらもあまり友人に恵まれなかったので、たわいない馬鹿話ができることが楽しかった。

ひととおりの作業が終わると、厨房（ちゅうぼう）の裏手口に行く。

早朝に働いた生徒には、寮母さんがご褒美でこっそり飲み物を渡してくれた。

夏場はジュースで、冬場はホットココア。

畑のほうの持ち回りの生徒たちも集まって、みんなホッと一息つく。

「みんな、今日もお疲れさん。よく働いたね」

厨房のおばさんが、にこにこ顔で声をかけてくれる。

「はい。ありがとうございます」

渡されたカップを両手で持ち、立ったままココアを飲む。それまで特段好きでもなかったのに、あの地、それも極寒の朝に飲む甘いココアは、身体の隅々まで沁み渡るほどおいしかった。ほかほかとした蒸気が顔にあたる感じも、ほっこりして楽しかった。

それから自室に戻って着替え。朝食をとるために寮内の食堂へ向かう。その後はほかの生徒とともに校舎で授業を受ける。

いつ頃からだろう。そんな朝の作業に流水玲児が混ざってきたのは。

玲児は華やかなグループのトップの存在で、今で言うスクールカーストの最上位にいるような男だった。

片や悠一とウメコは、最下層に位置した人間だ。

むこうから声をかけてきたのも驚きだったが、玲児が牛舎掃除などを手伝いに来るということも驚きだった。

全生徒が毛嫌いしている早朝の汚れ仕事を、不思議と玲児は嫌がらなかった。

「ほら、さっさとやっちまおうぜ？　ぐずぐずしてたら、牛ども、戻ってきちまうぞ」

来るなり率先してレーキを持ち、ものすごい勢いでガガガーッと牛の排泄物を掻いていってしまう。ウメコと悠一は顔を見合わせ、あわててそれにつづくのだ。

容姿だけではなく、すべてにおいて流水玲児は最高の人間だった。

鮮やかすぎる思い出は、甘さだけではなく、鈍い痛みをともなう。

――時が戻せたら……。

その言葉を口にしたら、もう堪えがきかなくなる。だからけっして言ったことはない。

過去には戻れない。過ぎ去った日々に帰ることはできない。


「大丈夫、悠一さん？　まだ胸焼け、治まらない？」

ハッとする。背中を撫でられている。

気づくと電車の中だった。悠一は扉にもたれるような恰好で立っていた。

背を撫でているのは、もちろん麻里奈だ。

ゆうべホテルに一泊し、日曜の今日は、両親の経営するペンションへ行く予定だった。

過去の幻影で現実逃避していたらしい。悠一は自分を恥じた。

「うん。大丈夫だよ。だいぶいいから。……ありがとう。……あと、ごめんね」

ゆうべのうしろめたさもあり、さりげなく謝ると、麻里奈は軽く悠一の腕を叩いてきた。

「いいってば！　あたしたち、これから結婚するんだから、水臭いこと言わないで！」

ぎゅっと胃が縮こまる。

麻里奈に優しくされればされるほど、胸焼けが悪化する。申し訳なさと自己嫌悪で吐き気さえ催しそうだ。

昨日から一転して、今日は冬日和の暖かい日だった。

がたんごとんと電車はのどかな音をたてて走っていた。車窓から見える景色も、ビル街、住宅街から、徐々に田園風景へと変わっていく。

「ご挨拶用のお菓子、そんなものでよかったかな？」

麻里奈は悠一の持っている紙袋を指差し、心配そうに尋ねてくる。

ホテルをチェックアウトしてから、饅頭を買った。よかったかよくなかったかと尋ねられても、正直悠一にもわからない。父母の食の好みなど、もうとうに忘れてしまっている。

麻里奈にも伝えていないことがあった。

悠一の父親は、本当の父ではないらしい。

母が昔、教えてくれた。

『悠一は、お母さんが当時付き合っていた人の子なの。妊娠したとわかったら、逃げちゃって、……でも、それを承知でお父さんが結婚を申し込んでくれたの。だから戸籍上はお父さんの子ということになってるけど、本当は違うのよ』

母はどういう心づもりでそんなことを告白してきたのか。

誰にも言わないでと付け加えたが、ということは自分は違っても、弟の晃希は父の子なのだと察せられた。

ショックではなかったとは言わないが、……じつは悠一も薄々勘づいていた。

悠一に対しては義務的な態度しかとらない父が、晃希に対しては頻繁に怒り、時には手を上げたりして、ひじょうに厳しく躾けていた。

母から話を聞いて、ようやく腑に落ちた。

父にとって、自分の子供は『晃希』だけだったのだ。しっかり躾けたいという気持ちが強くてもしかたない。

母のほうは母のほうで、やはり晃希に対してだけ極端に厳しかった。

むろん悠一も、黙っていたわけではない。弟に対する苛烈とも言えるほどの躾と過干渉をもう少し緩めてやってくれと、父母には何度も進言したのだが、まったく聞き入れてはもらえなかった。

反して、父母はどちらも、悠一に対しては腫れ物にさわるように他人行儀だった。

なにかを咎められたり怒られたりした覚えは、生まれてから一度もないくらいだ。

親たちは自覚してはいなかったのだろう。教育現場で多くの生徒と対峙(たいじ)している。教育に関しては専門家だ。家庭内でもうまく立ち回っていると思い込んでいたのかもしれない。

だが子供というのは大人の思惑を敏感に察してしまう。

今さら責めるつもりもないが、晃希が荒れてしまったのは、父母の行った兄弟間格差のある教育もひとつの原因だと思っている。

電車を降り、バスに乗り換える。

山間部に入り、道脇の景色は木々ばかりとなっていた。バスはつづら折りの狭い道を、車体を木の枝に擦(こす)られるスレスレで走っていく。

麻里奈と悠一は、二人掛け用の席に着いていた。

たくさんのバス停を過ぎ、乗客はほとんど降りてしまっていた。

「……ねえ、どのくらい乗るの？　けっこう走ったよね？」

麻里奈の質問に、少々苦い思いで応える。

「じつは、よくわからないんだ。初めて行くんだよ、おれも」

驚いたようだった。彼女は目を瞠(みは)った。

「だって、ご両親、越してからずいぶん経つでしょ？」

「そうだね。十二年かな？」

麻里奈の表情も曇った。

「もしかして、……弟さんの問題で？」

うなずけばいいのか、違うと言えばいいのか。

麻里奈はこれから結婚する相手だ。ある程度のことは教えておいたほうがいいのだろうが、『誰にも言わないで』と昔母に言われたことがまだ悠一の心を縛っていた。

「……うち、ちょっと訳ありなんだよ。変な雰囲気でも、びっくりしないでね？」

一瞬、間があった。麻里奈はこくりとうなずいた。

せめて少しだけでも真実を伝えておこうと思った。

「おれさ、……弟に嫌われてるんだよ」

それにも麻里奈は黙ってうなずいた。

バス内に客がいないこともあって、もう少々詳しい事情を話した。

「なんだか、いつも綺麗ごとばっかり言うとか、優等生ぶってて嫌味だとか、自分はなんでもできるから上から目線だとか、……もちろん、こっちはそんなつもりはないんだけどね。でも弟からしたら、そう見えてたのかもしれないんだ。実際、頭が固いのは、おれも自覚してるしね」

「…………違うよ。むこうが馬鹿なんだよ」

吐き捨てるような低いつぶやきに驚いたが、自分を肯定してもらって嬉しかった。

「……うん。ありがとう。麻里奈ちゃんはいつも優しいね」

麻里奈は窓側に座っていた。バスの窓から外を見て、やはり聞き取れないくらいの声で言った。

「優しいんじゃないけど」

それから麻里奈は窓の外ばかり見つめていた。


ようやく指示されたバス停に着いた。

スマホの地図アプリで位置確認をしようとした矢先、一本の木に針金でくくりつけられた看板が目に飛び込んできた。

【ペンションＩＫＥＤＡはこちらです】

木片にペンキで書かれた素人の手作り感溢れるものだ。それを素朴と見るか、みすぼらしいと見るかは、受け手の判断次第だろう。

「ああ、こっちの道みたいだね」

「うん」

麻里奈は珍しく無口だった。緊張しているのかもしれない。

悠一のほうは、言葉にできない感情を持てあましていた。

——いちおう、婚約者を連れていくと伝えてもらってはいるけど……。

はたして普通の対応をしてくれるのか。自分に対しても、麻里奈に対しても。それが心配だった。

指示どおり五分ほど進むと、木立は途切れ、拓けた場所に出た。そこにはさきほどよりも大きな看板が立てられていた。

奥のほうに青くくすんだトタン屋根も見えた。

「あれがそうかな？　かわいいペンションだね」

麻里奈の横で、悠一は言葉を発することができなかった。

かわいい。優しい彼女だからそう表現してくれたが、普通は違う言葉を発しているだろう、こぢんまりとした建物が、そこにはあった。

もう少し大きなものを想像していたので、二階建て民家に毛が生えた程度の規模の『ペンション』に、なんとも言えない気分になった。月十万円の仕送りをしているのに、そんなものではぜんぜん足りなかったのだろうか。

竹ぼうきで落ち葉を掃いている女性がいた。

一瞬誰だかわからなかった。自分の母親だというのに。

女性はふと顔を上げ、破顔した。

「あら、いらっしゃい」

しばらく見ないあいだに、ずいぶんと皺が増えた。髪も半白髪だ。それをうしろでくくっている。

最後に会ったのは、高校の卒業手続きの時だったはずだ。大学が決まった際も、就職した際も、電話で報告しただけだった。

悠一は気を取り直し、笑って見せた。

「うん。ええっと、……彼女が、」

すべて言い終わらないうちに、麻里奈はぺこっと頭を下げた。

「お母さんですか？　私、西脇麻里奈です！　悠一さんとお付き合いさせていただいてます！」

母は勢いに押されたようにうなずいた。

「……え、ええ。悠一の母です」

悠一に視線を流し、麻里奈に聞こえるように言った。

「元気でかわいらしいお嬢さんね？」

「うん。そうだね」

こういう時、麻里奈の人懐こさと元気さが救いになる。

「寒くなかった？」

「うん。バス停から歩いてきたから、暑いくらいだったよ」

ちらちらとペンションのほうを見ていたらしい。悠一の視線に気づいたのか、母は言った。

「……ああ。晃希は、お父さんといっしょに仕入れに行ってるわ」

「仕入れ?」

「料理の仕入れよ。あの子、この頃、厨房の仕事も手伝ってくれるの」

誇らし気な物言いに、ちくりと胸が痛む。

「お父さんと二人、並んで厨房に立ってたりするとね、…ほんとにうしろ姿とか、そっくりなの。笑っちゃうくらいよ?」

それは当然だ。父と晃希は血の繋がった実の親子だ。

言っている本人はまったく気づいていないのだろう。母の言葉は、かけられたその時は軽い引っ掻き傷のように思えても、あとあとまでミミズ腫れとなってじくじくとした痛みを呼び起こすものばかりだった。

「それで……」

つづく言葉を察したように、母は言った。

「晃希? …大丈夫よ。だいぶ落ち着いてきてるから」

付け足した。

「お兄ちゃんが彼女さんを連れてくるってことも、話してあるから」

「そっか。ならいいんだけど」

母は言い訳をするように繰り返した。

「大丈夫よ。もともとはいい子なんだから。前は環境が悪かったのよ。…ほら、近所に不良とかも多かったじゃない？　だから悪い道に引き摺り込まれただけだったのよ」

環境の悪さの中には、悠一も入っている。言葉に含まれている意味は、言ったほうはわからなくても、聞いたほうには確実に理解できる。

——挨拶だけ済ませたら、早く帰ろう。

今回も、できるなら来たくはなかった。麻里奈が『悠一さんのご家族に直接会って挨拶したい』と強く言わなければ、適当な言い訳をつけて結婚の連絡だけするつもりだった。

父母はともかく、弟とは会わないほうがいいと思ったからだ。

麻里奈には『嫌われている』と言ったが、そんな程度のものではなかった。『憎まれている』と表現したほうがいいくらい、晃希は悠一を毛嫌いしていた。

そこで、背後からエンジン音が聞こえた。

振り返ると、今来た道を、土埃を巻き上げて一台の軽トラックがやってきた。

悠一たちを追い越し、軽トラは停まった。

運転席のドアを開け降りてきたのは、予想どおり父だった。

上は擦り切れたダウンジャケット。下は紺のジャージ。スーツで職場に通っていた教師時代の面影はない。いつも仏頂面だった顔には、接客業に携わる人特有の笑みが浮かんでいる。

「やあ、いらっしゃい」

父もまた皺が増え、頭は半白髪だった。鬢のあたりなどは真っ白だ。

初めて見る人のようだった。にこやかに笑う顔も、悠一には見慣れないものだった。

「……あ、……うん」

次に助手席のドアが開いた。弟は、ふてくされた態度で降りてきた。

晃希が昔やっていたのは、大麻と覚醒剤。やめて何年も経っているはずなのに、弟のまとう気配からはまだ不穏な匂いがした。

晃希も、古びたダウンにジャージ姿だった。

「……ひさしぶり、…晃希」

返事はせず、不機嫌そうに視線を流してきた晃希は、——なぜだか驚愕の面持ちとなった。

「……え?」

その視線は、悠一に止まっているのではなかった。晃希の視線は、麻里奈のほうに止まっていた。

訝しく思い、悠一は横の麻里奈に視線をやった。

彼女もまた、晃希を見つめていた。いつも愛想のいい麻里奈らしくない、ひどく険しい表情だった。

「……麻里奈ちゃん……?」

二人の視線が、ねじれて絡み合っているのが見えるようだった。

様子のおかしさに、父母も気づいたようだ。

「どうかしたの、晃希? 今日、お兄ちゃんと彼女が来るって話してあったでしょ?」

母はおろおろと尋ねる。言外に、まさか変なことは言わないでしょうね? と押しとどめるような言い方だ。

晃希はどちらかといえば驚愕の面持ちだったが、麻里奈のほうは、はっきりと睨(にら)み返していた。唇の端を少し上げて、侮蔑の表情にも見えた。

剃刀(かみそり)を首筋にあてられたような、ひやりとした感覚があった。

二人の視線には、間違いなくなにか意味がある。

空気を変えようとしたのか、父が言った。

「——まあ、立ち話もなんだから、みんな中に入って話そう」

ペンション内に客はいなかった。

受付のカウンター前は、それなりに広く、ソファーセットが置かれていた。誰も座っていないソファーは妙に寒々しく見えた。

言い訳のように母が言った。

「夕方からひと組いらっしゃるのよ。大丈夫なのよ？」

それでは食えるわけもないが、もとから利益など度外視した経営だろう。

父母にとっては、晃希を人の目から隠すこと、形だけでも働かせることが目的だったのだから、時々客が来てくれるならそれで問題ないのだ。

――ここが、今の池田家なんだな。

父母と弟は、三人だけで十二年間暮らしてきた。働き出してから仕送りは毎月欠かさずしてきたが、悠一の居場所は、ここにはない。

父はソファーを指し示した。

「どうぞ？　お座りください」

麻里奈に対して言ったのだが、悠一に対して言ったようにも聞こえた。

息子に対する話し口調ではないと笑い出しそうだった。本当に、もう自分はただのお客さんでしかないのだな、と。

母はそそくさと茶を淹れに行った。戻ってきた時には、来客用の湯飲みふたつと、家族用の湯飲みが三つ盆に載せられていた。

悠一と麻里奈は二人掛けのソファーに座り、対面の一人掛けに、それぞれ父と晃希、母はテーブルに茶を載せたあと、盆を胸に抱いて立ちすくんでいる。

父が口を切った。

「きみたち……もしかして知り合いなんじゃないのか……?」

父の問いで、やっと違和感の正体が見えた。そうだ。どう見ても初対面の態度ではない。

すると、足を乱暴に投げ出して座っていた晃希が、吐き捨てるように返した。

「……ああ。中一ん時、同じクラスだったよ」

今度こそ声が出た。

「……嘘だろっ?」

横に視線を移す。麻里奈は唇を噛み締めてうつむいた。

晃希は顎で麻里奈を指し、

「嘘なわけねーだろ。そいつに訊いてみろよ」

もちろん、訊くに決まっている。

「麻里奈ちゃん?」

なにか応えてくれ。きみは一度もそんなことは言わなかったじゃないか。晃希は悠一と同じ中学校の二学年下だった。ならば麻里奈もそうだということになる。

ソファーにふんぞり返っていた晃希は、身を起こして、薄く嗤った。

「最初は、なんかの冗談かと思ったぜ? まさか、そいつが兄貴の婚約者とはな」

「……どういう意味だよ……?」

言葉の中に不穏な色を感じ尋ね返したのだが、ぶざまなことに声は少々震えていた。こんな場面は想像もしていなかったからだ。

「麻里奈ちゃん。お願いだから、答えて」

哀願するように促すと、麻里奈は渋々といった顔で応えた。

「……………うん。同級生だった」

「じゃあ麻里奈ちゃん、やっぱりおれと同じ中学出身だった、ってこと……？」

小さく、こくんとうなずく。

混乱した。わけがわからなかった。

「どうして言ってくれなかったの？　秘密にしなきゃいけないようなことじゃないでしょ？」

言われても、もちろんわからなかったはずだ。二学年下の子の顔や名前など、いちいち覚えてはいない。

「じゃあ、…おれが池田晃希の兄だってことも、……最初から知ってたんだね？」

麻里奈は答えない。

悠一は重ねて尋ねた。

「……麻里奈ちゃん……？」

悠一のほうを見ずに、麻里奈はうなずいた。

どうして隠していたのか。同級生だったのなら、晃希が不良になり、少年院に入れられたことも知っていたはずだ。そのせいだろうか。知らないふうを装っていたほうがいいと思ったのだろうか。

もっと詳しく尋ねようとした時、晃希の冷たい声が響いた。

「おまえマジで、兄貴、落としやがったんだな」

憎々し気な言い方にぎょっとした。反射的に晃希を見つめていた。

晃希は挑戦的な目で悠一を睨んできた。

「知ってるとか、知ってねぇとかいうレベルじゃねぇよ。そいつ、中坊の時から、兄貴にものすげえ憧れてたんだよ。兄貴、生徒会長だったしな、校内じゃあ、王子様で有名だったからな。……いや、近隣で、か？　モテてモテて困っただろ？　そいつも兄貴のファンの一人だよ。王子かっこいい、だの、王子ステキ、だの、ほかの女子といっしょに、毎日毎日、キャーキャーうっさくってよ～。クラスじゅうの連中に、いつかぜったい王子の彼女になってやるって、宣言してたくらいだからな」

「なにを言って……」

「すげえよな。兄貴はよ。学年違う女にも惚(ほ)れられてよ。――それに比べてオレは評判最悪でさ～、似てねぇ兄弟だって、さんざん言われたよ。兄貴は優等生で、ツラも頭も、ついでに性格までよくってさ、弟のほうは最低のクズ野郎だ、っててな」

嫌味な言い方は昔どおりだった。

晃希のぶつけてくる妬み(ねた)の感情はあまりにもあからさまで、子供の頃から怯(ひる)むことしかできなかった。

――だけど、女の子にモテてたってことだけは、違うだろ？

悠一の記憶では、晃希のほうがモテていたはずだ。

危険な男というのは、いつの時代でも女性の心を捕らえるものだ。

反して、『王子様』などと持ち上げられてはいても、悠一に近づいてくる子はまったくと言っていいほどいなかった。のちのち聞くところによると、ファンクラブがいくつかあって、悠一には個人的に近づいてはいけないというルールだったそうだ。

そんなことをあとから聞かされても、当の本人の記憶には、『女の子が誰も近寄ってきてくれなかった』という事実しか残っていない。

晃希はさらに麻里奈を侮辱した。

「どうやったんだ？　え？　お得意のかわい子ぶったワザでキメやがったのか？　おまえ、甘ったれた芝居だけは昔っからうまかったもんなァ」

とげとげしい言葉が、ガラスの破片のような鋭さで突き刺さってくる。

麻里奈のほうも、負けずに言い返した。

「……………そうだよ！　落としたんだよ！　悠一さんの大学、調べ上げて、頑張って近づいて、……かわい子ぶるのだって、当然じゃん。悠一さんは、あんたみたいなのとは違うんだから！」

「麻里奈ちゃん……」

啞然（あぜん）とした。そんなはすっぱな物言いは聞いたことがなかった。悠一の知る麻里奈は、いつもにこにこと笑っていて、アニメの女の子のようにかわいらしい声で話したからだ。

「好きだったからね。ずっと。そのくらい、するよ。ライバルが山ほどいたんだから、あざといくらいの芝居しなきゃ、近づけなかったんだよ！　ほっとけよ、クソ野郎っ！」

男としては、嬉しい告白のはずだ。なのにどうして笑ってあげられない？

おれのこと、そんなに昔から好きでいてくれたの？　ありがとう。そう言えばいいだけの話じゃないか。

晃希と麻里奈が同級生だった。

それ自体はたいした問題ではない。

問題は、なぜ二人がここまで険悪な雰囲気なのか、ということだ。

4

形だけの挨拶を済ませ、早々に辞した。

けっきょく父母はほとんど口をきかず、最後にも形式的な言葉をかけてくれただけだった。

「幸せになってね」

「結婚式の日取りが決まったら教えてくれ」

日取りは決まっているが言い出せなかった。

もちろん式には家族を呼ぶつもりでいたが、もしかしたら無理かもしれないと思い始めていた。

呼んでも晃希は来てくれるかどうかわからないし、晃希が来ないとなれば、父母も難しいだろう。

帰り道は暗いものとなった。

――けっきょく、ペンション内部も案内してもらえなかったな。

拒絶。おざなり。他人行儀。厭(いや)な言葉ばかりが頭に浮かぶ。

あそこに自分の居場所はない。あそこは、父母と晃希の家だ。

結婚したらもう仕送りも難しくなるよ、と告げなければいけなかったが、そんなことも言い出せるような雰囲気ではなかった。

麻里奈も悠一もほとんど口をきかなかった。

夕暮れとなり、電車の車窓からの景色は見る見る黄昏(たそがれ)色に染まっていった。

行きとは反対に、ビルと街の灯(あか)りが増えていく。

麻里奈の住んでいるマンションの最寄り駅に、先に着いた。ドアが開いたので、いっしょに降りると、麻里奈は首を振った。

「……ん、…と。今日は大丈夫。一人で帰れるから。悠一さんは乗って」

「え？　でも、もう夜だし、ご飯とか、どっかに寄って食べていかないの？　おれはそのつもりだったけど？」

麻里奈は泣きそうな顔で、笑った。

「悠一さん、やっぱりなんにも訊かないんだね」

もちろん訊きたかった。だが正直な話、麻里奈と晃希の不穏な気配よりも、父母の自分に対する態度のほうが痛かった。

麻里奈に対しては不思議と嫌悪感は湧かなかった。それどころか、安堵のような感情があった。

心に秘密をかかえていたのは自分だけではなかった。

玲児に対して人に言えない想いをかかえている悠一には、かえってありがたいくらいだったのだ。

「大丈夫だから。ほら、乗って」

「でも、女の子一人で夜道を歩くのは、危ないよ」

麻里奈のマンションは駅から十分程度だが、それほど大きな駅ではないので、駅前商店街もすぐに途切れてしまう。そのあとは住宅街だ。街灯は点いていても、人通りは少ない。

「麻里奈ちゃん、明日は、どこの仕事場？　早く出なきゃいけない日もあるって言ったよね？」

詳しくは教えてもらっていないが、麻里奈は派遣の仕事をしているという。その日によって勤務場所が変わるので、遠くに行かなければいけない日はたいへんらしい。

発車ベルがホームに鳴り響いた。

「いいから行って！　じゃあね！」

麻里奈は、突き飛ばすようにして閉まりかけたドアに悠一を押し込み、にっこりと笑顔を浮かべてみせる。

「着いたらＬＩＮＥする！　悠一さんこそ、痴漢に襲われないように気をつけて帰ってね！」

今の笑顔はなんだったのだろう。

電車の窓から手を振り返しながら、悠一は大きく嘆息した。

麻里奈の態度はあきらかにおかしかったが、自分もまたいつもどおりではなかった。

窓に額を押しあてる。冷たい窓が心地よかった。

いちおう予定どおり親への挨拶は済んだ。やるべきことはやった。とにかくこちらも明日から会社だ。

悠一の勤務している工場は食肉加工が主な仕事で、生肉をトレーに盛りつけてパック詰めする、蒸した牛タンの皮を剝き、味をつけスライスする等、さまざまな作業がある。

正月には肉の消費が増えるので、毎年年末は書き入れ時だった。

そこで唐突に、昨日の麻里奈の言葉を思い出してしまった。あの『工場勤務』の話だ。

――やっぱり彼女は、おれの仕事に不満があったんだな。

作業着を着る職業に偏見があるのかもしれない。わかってはいたが、ああやって人前ではっきり口にされると悲しかった。

麻里奈は、スーツを着て出勤し、職場では白衣を着る『研究所職員』のほうが恰好がいいと思っているのだろう。お洒落な子だから、そう思われてもしかたないかもしれない。

のかな。

——だけど本当は現場の畜産に関わりたいんだ、なんて言ったら、…どういう顔をするのかな。

そちらのほうがもっと、泥や汗、汚物にまみれた仕事だ。服などにもかまってはいられない。

苦いものが込み上げてきた。

今、酪農業界はいろいろ難しい。畜産科を出ても、すべての人間が牧場などで働けるわけではない。仕事は幅広いのだ。生物知識を生かして研究の道に進んだり、悠一のように食品工場の製造ラインで働く者もいる。それにまだ二十七だ。一歩ずつ夢に向かって歩んでいけばいい。そう考えていたが、……人に自身の想いを説明するのは苦手だった。

いつもそうだ。その場で臨機応変な言葉を返すことができず、あとから、ああ言えばよかった、こう言ったほうがよかったと後悔する。

自分は頭の回転が鈍いのだと思う。それか、優柔不断と言えばいいのか。

頭をかかえたくなった。

昨日から事件つづきだ。

悠一は、なんとか苦いものを呑み込んだ。

苦いものの本当の正体も、わかっていた。それは、父母のすげない態度でも、弟の敵意でも、麻里奈の言葉でもない。

流水玲児と遭ってしまったことだ。

だが、……もう忘れるしかない。

彼と遭うことなど、もう二度とはないはずだ。昨日は不幸な偶然であんなことになっただけだ。

忘れろ。そして、自分の道を見誤るな。

最寄り駅に着き、ホームに降りたところで麻里奈からのＬＩＮＥが立てつづけに入った。

【今日は、ご家族に紹介してくれてありがとう！】

【優しそうなお父さんとお母さんで感激しちゃった！】

【不束（ふつつか）な娘ですが末永くよろしく、って伝えておいてｗ】

麻里奈の声が聞こえるようだった。いつもの明るいトーンにホッとした。

悠一も即座に返事を入れた。麻里奈ほど早く打てないから、ゆっくりだ。

【こちらこそ、ありがとう。うちの両親も、麻里奈ちゃんと会えて嬉しかったと思うよ】

しばらくして麻里奈からは、照れ笑いするウサギのスタンプだけが送られてきた。

月曜火曜水曜と、やはり目が回るような忙しさだった。

工場で働いているのは、主婦パートさん、あとは外国籍の人たち。

男性正社員は五人だけだ。工場長と副工場長は生産ラインには顔を出さず事務仕事なので、残りの三人がすべてを指示、管理しなければいけない。

「池田主任！　ティエンがお腹痛いみたいなんですけど！」

パートの人に呼ばれ、あわててベルトコンベアーのところまで駆けつける。

豚肉をパックするラインで、男性が一人かがみ込んでいた。

工場には何か国かの外国人就労者がいたが、ティエンは確かベトナム人だったはずだ。

大丈夫か？　休むか？

悠一の話す片言のベトナム語でも、かろうじて通じたようだ。ティエンは、うんうんとうなずいた。脂汗を流しているし、色黒の肌も青ざめて見える。よほど具合が悪いようだ。

ほら、と手を貸して立ち上がらせながら言い置く。

「じゃあ、すみません。彼は救護室に連れていきますので、みなさん少しだけ頑張ってください。すぐにおれが補塡で入りますから」

ベルトコンベアーを止めるわけにはいかないので、人手が足りなければ社員でもラインに入らなければいけない。

あれこれ考える暇もない忙しい職場でよかったと、しみじみ感謝した。

帰宅して、まずは風呂に入り、さあ今日はなにを作ろうかと冷蔵庫を覗き込んだ。

基本的に自炊だし、食品工場勤務なので、あつかっている商品は割安販売してもらえる。独身男の冷蔵庫にしては充実しているほうだろう。

夕飯は生姜焼きでも作ろうかと豚肉パックを取り出したところで、スマホが鳴った。

知らない番号からだったが、片手にパックを持っていたので、深く考えもせずに出てしまった。

「はい、もしもし？」

『……ゆんち？』

「…………え……？」

一瞬で視界が揺らいだ。

耳に飛び込んできた声が幻聴ではないかと訝しんだ。

動転して応えない悠一に焦れたように、相手は重ねて尋ねてくる。

『遠いのか？　もしもし、聞こえてる？　ゆんち？』

震え上がってしまった。どうして玲児が電話をかけてくるんだ？　こちらの番号など知らないはずなのに。

　そこで思い出した。

　──麻里奈ちゃんが教えたんだ！

　人懐こい麻里奈は、銀座の歩道で玲児の奥さんと談笑していた。そういえばあの時、スマホを出していたじゃないか。

　なんてことをしてくれたんだ！　一瞬、怒りにも似た感情が湧き起こる。

　様子を見て、察してくれなかったのか。悠一も玲児もぎこちない挨拶しか交わしていなかっただろう？　べつに仲のいい友人だったわけではないんだから、あのまま知らぬふりですれ違っていてもよかったんだ。

　そうすればこっちだって、他人の空似かもしれないと自分に言い聞かせて、少しだけの胸の痛みだけで記憶に蓋をできたのに。

　人に罪を押しつけてはいけない。そう思っても、気持ちがざわつく。

『ゆんち、今、話してもかまわないか？』

　冷静になれ。

　それでも、耳から飛び込んでくる玲児の声は甘狂おしく脳髄（のうずい）を焦がした。

　電話というのは残酷な機械だ。声だけしか聞こえない。そこに意識を集中するしかない。

　至近距離から、恋い焦がれた男の声がする。指先まで甘い痺れが走るようだ。

「……うん。べつに、…かまわないけど。なにか用？」

どくんどくんと、心臓がおかしな打ち方を始めた。昔、玲児に話しかけられるといつもこうなった。悟られたくなくて、悠一はわざと淡々とした態度をとっていた。そうするしかなかったからだ。

玲児は、なぜか言いにくそうに話を始めた。

『用っていうか……典代（のりよ）が、…えっと、うちのかみさんがさ、おまえと話したいとか、言い出してさ』

一気に鳥肌が立ってしまった。

「なにっ？　なんでっ？」

早い勢いで考えを巡らせる。

こっちは話したいことなんかない。もう二度と会いたくないくらいだ。玲児にだって会いたくないのに、奥さんとなればなおさらだ。なのに玲児はサラッと答える。

『俺の高校時代のこととか、聞きたいんだと』

「べつに、話すほどのことはなかったじゃないか。きみとおれのあいだには、なにも」

つっけんどんすぎたかもしれない。電話のむこうで、玲児が黙る。

まだ肉のパックを持ったままだった。投げ捨てるようにシンクに置き、悠一は胸を手で押さえた。

——なにもなかったわけじゃない。

本当は、一度だけくちづけを交わしたことがある。

記憶は走馬灯のように脳裡をよぎる。

なぜそんなことになってしまったのか。今考えても思い出せないし、わからない。

そばには誰もいなかった。クラスメイトも先生も、ウメコも。農家さんの畑仕事の手伝いに駆り出されたのか、詳細はまったく覚えていない。

ただ、玲児と二人きりだった。

突然通り雨に襲われてしまった。

雨を避けるため、二人して一番そばにあった大木の下まで駆けていった。

雨の勢いは凄まじく、豪雨が木のまわりにカーテンを作ってしまったかのようだった。

そのむこうは一メートル先すらも見えない。

そして、ザアアアッという耳を聾さんばかりの激しい雨音。

雪ではなく雨が降っていたのだから、夏場だったのだろう。

作業していたほかの人たちもある程度近くにいたはずなのに、木の下だけが世界から隔絶されたようだった。

雨の匂い。雨を吸った土の匂い。

泥を跳ね上げ、足元を叩く雨。

ゆんち、濡（ぬ）れるぞ？

肩を抱かれて、木に背中を押しつけられた。

その際………唇と、唇が、触れた。

一瞬だけ。

あまりのことに茫然（ぼうぜん）として、玲児の顔をまじまじと見つめてしまったような気がする。

ぶつかっただけだ。それか、よろけてしまったのかもしれない。笑い飛ばさないと玲児も困るだろう。

そう考えている自分と、いや、おかしな幻を見ただけだ、と反駁（はんばく）する自分がいた。

なにやってるんだよ？　キスみたいになっちゃっただろ？

だが口はなんの言葉も吐き出してはくれず、なぜだか玲児も悠一の顔を見つめているだけで、声を発さなかった。

あとから調べてわかった。

あの木の名前は菩提樹（ぼだいじゅ）だった。

古の昔、釈迦（しゃか）が悟りを開いたとされる木だ。

名前を知って、笑った。半泣きで。

悠一もまた、あの木の下で決定的なことを悟ってしまった。

自分が、流水玲児に恋をしていることを——。

『…………なにも……なかったわけじゃ、ないだろ……？』

電話からは、掠(かす)れたような声が聞こえた。

心臓の拍動が早くなった。まさか、玲児もあの事件を覚えているのか？　覚えていてくれたのか……？

「……なにが……？」

答えてほしい。かすかな望みで仕掛けた質問だったが、玲児はまたもや黙ってしまった。

落胆が胸を焼く。

——やっぱり、な。

覚えてなんかいないじゃないか。

ただの不幸な事故でもよかった。唇が触れたことがある。玲児にとって嫌な思い出だったとしても、忘れてほしくはなかった。

唐突に玲児は口調を変えた。わざとらしいくらい明るい声だった。

『あ、ところでさ！　——ウメコ、覚えてるか？』

悠一も反射的に声を上げていた。

「ウメコ？　覚えてるに決まってるだろ！」

『俺さ、土曜に、ゆんちに会ったって電話したんだよ。そしたら、めちゃめちゃ懐かしがってさ。ずぅるぅい〜、とか怒られたよ。なんで僕にすぐ連絡よこしてくれなかったのぉ！　とか』

玲児がウメコの話し口調をまねしたので、噴き出してしまった。

「似てる！　ほんと、そんな感じだったよな。……おれも懐かしいよ。会いたいなぁ、ウメコ。元気でやってるの？　おれ、誰とも連絡先交換しないで卒業しちゃったからなぁ」

気まずかったが、いい話題を振ってくれて助かった。

ウメコの話題だったら気を使わずに盛り上がれる。玲児もそうらしかった。

『元気も元気、あいつ今、社長だよ！　父親の会社継いでさ、土建屋でバリバリ稼いでるらしいぜ？』

「へえ！　ウメコがねぇ〜」

『そうそう。ウメコが、社長だとよ。あいつガタイだけはよかったから、けっこうはったりきいていいらしいぜ。髭（ひげ）とか生やしてるって言ってた。話し方とか、ぜんぜん変わらないのにさ』

その姿を想像して、また噴き出してしまった。

「よかったなぁ。頑張ってるんだな、ウメコ」

『ゆんちだって頑張ってんだろ？』

ちくりと胸が痛んだ。

頑張っては、いる。だが、近頃少し虚しい。

やはり酪農の現場で働きたい。都会の、人の中で働くのではなく、自然の中で、動物と関わって働きたい。その想いが年々強くなる。

「……ちょっと、ね。理想と現実は違うって感じかな」

こちらの気配を察したように、玲児はまたさきほどの話を振ってきた。

『な? 積もる話もあるからさ、──明日の夜とか、空いてないか? 夕飯、どうだ?』

せっかく楽しい会話をしていたというのに。またその話を蒸し返すのか。気分は一気にトーンダウンしてしまった。

「夕飯なんか……おれたち、一緒に食べるような間柄じゃないだろ?」

『けっこう話、したじゃないか』

「した、かどうかは……きみ、みんなの人気者だったし、おれとだけ話したわけじゃないだろうし……」

ムッとしたような声が返ってきた。

『俺んちの家庭事情なんか話したの、おまえだけだぞ?』

「……え……?」

『信頼してたからな。おまえ、俺の話したこと、ウメコにもバラさなかっただろ?』

「そりゃあ、……あんまり人に話せるような話じゃなかったし」

『俺は、おまえのこと、一番信頼してた。あとにも先にも、おふくろのほんとの死因なんか話したの、おまえと、それから典代だけだよ』

ふいに出てきた奥さんの名前で、心臓を握られたような気になった。

「……うん。それは、…ありがとう、だけど……」

『覚えてないか？　俺たち、しょっちゅう、自販機のとこで会っただろ？　夜中さ、部屋抜け出して、……裏口開けて、夜空の星を眺めただろ？　お互いの家の話とか、したよな。俺はすごく覚えてるぞ？』

そういうことは覚えているのかと、嬉しさと悲しさが半々だった。

飲料の自動販売機は、寮の食堂に一台だけあった。

すぐ横が裏口のドアで、本当は開けてはいけないのだが、みんな勝手に開けて出入りしていた。

冬場は寒すぎて出られないが、そのほかの季節は、生徒たちのつつましい憩いの場所となっていた。ジュースを一本だけ買って外に出て、降るような満天の星を眺めながら飲むのだ。

今思い出しても、寮生活は楽しかった。

最初はいじめじみたことをしてきたほかのクラスメイトとも、徐々に打ち解けられた。

あまりノリのよくない悠一でも、みんなおかまいなしに仲間に引き込むので、毎日がお祭り騒ぎのような日々だった。

子供じみたイタズラやドッキリを仕掛け合い、馬鹿騒ぎをして大笑いし、はしゃぐ。

良いことも悪いこともあったが、あの寮での思い出は悠一にとって一生の宝となった。

ああ、そういえば、と思った。

玲児の子供は織音(おりおん)。言うまでもなく星の名前だ。

彼の心にも、少なからずあの日々はいい思い出として残っているのかもしれない。

そこで思い直す。

だからといってなんだ？　甘酸っぱい感傷に浸っているのは自分だけだ。

悠一は声に出さずに、心の中で告げた。

——おれも、たぶん、信頼していたよ。

きみはチャラそうでいて、もっとも口の堅い人間だった。

それだけじゃあない。おれは、きみのそばにいたかった。どんな言い訳を作ってでもいいから、少しでも長く。だから、自分の家庭の恥部まで打ち明けてしまった。今となっては後悔するばかりだ。

きみとあんなに濃密な時間を過ごすんじゃなかった。

思い出が心を蝕(むしば)んでいて、つらい。

言葉にできない想いを封じ込め、悠一はできるだけさらりとした口調を作って返した。

「ああ。そんなこともあったね」

『んな軽く言われても……』

もういいだろう。昔話は懐かしいが、自分にとっては懐かしいだけではない。

けっして報われない恋の相手と語り合うことは、ようやく治りかけた傷口を開くような行為だ。

「あ、……悪いけど。これから食事作らなきゃいけないんだ。明日も早出でさ、…ごめん、そういうことで」

切ろうとすると、玲児はあわてたように食い下がってくる。

『待てって！　切るなよ！　飯の話がまだだろ。明日の夜、会えないか？』

「うちの工場、今忙しいんだよ。書き入れ時でね、残業つづきなんだ。いつ終わるかわからないよ」

『残業は、終わるまで待つさ。それに、忙しくても、土日は休みだろ？　先週は、土曜に出かけてただろ？』

しまった。そうだった。それを見られているのだから、仕事だという言い逃れはできない。

「土日は、……うん、休みだけど」

『じゃあ、金曜の夜。ちゃんと待ってるから。それならいいだろ？』

「こっちはよくても、きみのほうだって、仕事はどうするんだよ？　奥さんだって忙しいはずだろ？」

『仕事なんか、適当に切り上げて行くよ。…仕事だって、…俺なんか、ろくに任されてないよ。むこうさんからしたら、流水の血が流れていれば誰だっていいんだろうからな。俺はただの飾りだよ』

複雑な内情に一瞬怯んだが、

「きみがよくても、お子さんだっているし」

『それも問題ないよ。家政婦も、ベビーシッターも雇ってる。典代だって、しょっちゅう夜遊びしてるしな。俺抜きで』

その手がきかないなら、ほかの手は、…と考え、

「でも、おれ今住んでるの、神奈川なんだよ？　けっこう田舎でさ、都内まで出ていくのは正直きついんだ」

『なら、こっちから出向くよ。どこならいい？　仕事終わりだったら、工場まで行くよ。…電車とかバスの通勤か？　なら帰り、拾って乗せてくからさ。うちの車、一台出させるよ』

悠一は嘆息した。家政婦、ベビーシッター、うちの車を一台出させる。彼の吐く何気ないセリフひとつひとつで、立場の違いを痛感させられる。

玲児は大物政治家の息子で、…そうだ、確か奥さんの実家は、有名製薬会社だったはずだ。彼は今、その会社の副社長なのだ。

本当に勘弁してくれと泣き言を言いたい気分だった。

どうしてそこまでおれなんかにこだわるんだ。生きている世界が違うことくらいわかるだろう？　きみなら友達はいくらでもいるだろうに、なにもわざわざこんな人間と接点を持たなくてもいいじゃないか。

無言の中にも如実に不快感が表れていたのだろう。玲児の声は哀願するような色調となった。

『頼むよ、ゆんち。会ってくれよ。……なあ、覚えてるか？　典代には俺、昔から頭が上がらないんだよ。あいつ、言い出したら聞かないし』

どうしても奥さんの名前を出してくるのか。

いいかげん辟易としてきた。悠一は自棄になって応えた。

「……いいよ。そこまで言うなら、行くよ。そのかわり、きみの悪口とか、あることないこと言うかもしれないからね？」

玲児は声をたてて笑った。

『そんなわけないだろ。おまえが嘘なんかつくわけないの、俺が一番よく知ってるよ』

押し切られる形で、工場の番地まで伝えてしまった。

電話を切って、しばらくスマホの黒くなった画面を見つめた。

「…………もう二度と会いたくなかったのに……」

だが、違う気持ちもあるのが怖かった。傷口が開くのがわかっていても、もう一度だけでも流水玲児に会いたかった。

会えるとわかっただけで、泣きたいほど嬉しい。心が震えて、胸が熱くなってくる。

——来年には結婚を控えているのに、おれはなんて馬鹿なまねをしているんだろう。

悠一は両手で顔を覆った。今は誰も見ていない。泣けるものなら泣いてしまいたかった。

「……ごめん、麻里奈ちゃん」

自分はあきらかに婚約者を裏切っている。心の中だけでも、彼女ではない人間に恋をしてしまっている。

麻里奈に対する申し訳なさと、玲児に対する消しようのない想いで、胸の中が焼け爛れているようだ。

同性である玲児に、なぜ自分はここまで惹かれてしまうのか。

叶うはずもない恋を、なぜいつまでも未練たらしく胸にかかえているのか。

情けない想いで悠一はつぶやいていた。

「…………ほんとに、どうやったら、消えてくれるんだよ、この気持ちは……？」

5

金曜日。

あんのじょう、仕事は終業時間には終わらなかった。

一時間以上押してしまったので、あきらめて帰っていてくれないかと淡い期待で着替えを済ませ、工場の敷地内から一歩出たとたん、道路脇に停まる一台の車を見つけてしまった。

磨き上げられたボディー、真っ黒な高級外車だ。

運転席のドアが開いた。きっちりと制服を着込んだ運転手が先に降り、恭しく後部座席のドアを開ける。

降りてきた流水夫妻は、先日見た時よりもいっそうセレブに見えた。

遠目で見ただけで、胃がキリキリと痛んだ。

見るからに自分とは生きている世界が違う二人だ。そしてお似合いの夫婦だ。今さらながら自分の浅慮を悔やむ。

「ああ。ゆんち、こっちこっち」

玲児は軽く手を挙げて合図を送ってくる。

そんなことをしなくても、きみたちはとても目立つし、この場にそぐわないんだよ。まわりを見てみればいい。退社する人たちが物珍し気にジロジロ見ているのに気づかないのかい？

それでも悠一は礼儀として挨拶をした。

「……うん。…ごめん、やっぱり遅れちゃったね。待った？ …奥さんも、すみません、お待たせしてしまって」

奥さんも手招きで悠一を呼ぶ。

「かまわないで。こっちが呼んだんだから。ごめんなさいね？ 無理言っちゃって。——ほら、乗って乗って」

引き摺り込まれるような恰好で、後部座席に座らされてしまった。

華やかな香水の薫(かお)りが車内に充満していた。

奥さんが運転手に声をかける。

「大沢(おおさわ)。このあたりでおいしい店はどこ？」

バックミラーに映る運転手は、三十前後に見えた。彼は少し考えて言った。

「奥様、——和食ですか？ 洋食、中華、…この近辺ですと、あまり名店はございません

が。都内へ戻られますか?」

さすがに口を出したくなった。都内の高級料理店になど連れていかれたくない。今でも委縮しているというのに、さらに気詰まりになってしまう。

「すみません。自分のほうが慣れていないし、あまり遠くないほうが……。あの、ファミレスくらいじゃあ、駄目ですか……?」

「べつに、どこでもいいよな、典代?」

奥さんも、うなずく。

「ええ。私もどこでもかまわないわ」

「かしこまりました。それでは、出発いたします」

ホッとした。とにかく会うだけは会ったのだから、なるべく早く帰してもらおう。


十分ほど車を走らせたところに、チェーン店のファミリーレストランがあった。そこにしようということになった。

店内に入り、悠一は尋ねた。入ったのが自分と玲児、奥さんだけだったからだ。

「……あの、運転手の方は?」

典代さんはクスッと笑う。

「大沢? 車で待たせておくのよ」

「いいんですか？」

「それが仕事だから。彼も慣れてるわ。来なさいと言っても、断るわよ。しっかりと分（ぶ）はわきまえている男だから」

　そういうものなのかと、複雑な気分になった。庶民とはやはり感覚が違うのかもしれない。

　ボックス席に案内された。当然のことながら、玲児と典代さんは横に座り、悠一は向かいの席に着いた。

　玲児はなぜか無言で、こちらのほうばかり見つめている。

　視線を上げたらかち合ってしまうので、無視するような恰好でメニューを広げた。

　ごく普通のハンバーグセットを頼む。玲児も同じもの。典代さんはチキンのグリルセット。

　それほど待たずに料理が運ばれてきた。

　不味（まず）いと言うかと思ったら、そんなことはなかった。典代さんはおいしそうにペロリと平らげ、食後にストロベリーパフェを頼んだ。

　イチゴが山盛りのパフェが来たとたん、典代さんは手を合わせ、「きゃっ」と嬉しそうな声を上げた。とっさに出してしまったのだろう表情が、少女のようにかわいらしかった。

　少し感動した。

――気持ちのいい人だな。

お金持ちはお金持ちだろうが、人を侮蔑したりはしない。こんな庶民的な店でも喜んで食べてくれる。

玲児が結婚を承諾したのもわかるような気がした。

ひととおり食べ終わったところで、玲児が典代さんに話を振った。

「ところで、…なあ典代、おまえ、なんでゆんちと会いたがったんだ？　なんか訊きたいとか言ってただろ?」

あ、そうそう。と典代さんはパフェのスプーンを咥えたまま言った。

「この人、高校の頃、遊んでた?」

悠一は、飲みかけのコーヒーを吹いてしまいそうになった。

「な、なんですか、急にっ?」

悠一だけではなく、玲児も噎せ返っていたが、当の典代さんはケロッとした顔でつづけた。

「じつは私たち、いとこ同士なの。幼なじみみたいな感じね」

「……それは、…はい。知ってますけど……」

「じゃあ、これも知ってるかもしれないけど、生まれた時からの婚約者同士なの。逃げようがなくてね、毎月一回は無理やり会わされてたのよ。…あ、うちの母親が、流水のおじさまの妹」

「はぁ」

間抜けな返しをするしかない。ずいぶんくだけた人だなぁと感心するくらいだった。迫力の美人だから、よけいギャップが激しい。

「でも、中学の三年？　そのあたりから玲児、北海道の学校入っちゃったじゃない？　そのあいだ、なにか悪さでもしてたんじゃないかって、ずっと思ってたわけ。だって四年近くも野放しだったのよ？」

ちらりと視線をやると、玲児も呆れたように苦笑いを浮かべている。

「遊んでないし、悪さなんかもしてないって。それに、うちの親族のゴタゴタなんか、人に聞かせんなよ」

そこでようやく腑に落ちた。そうか。奥さんは、自分と離れていたあいだの玲児が浮気をしていなかったか確かめたいのだ。

胸の奥がちりちりする。ほほえましい感情だ。そう思ってはいても、妻という立場のこの女性にだけ許される特権をひけらかされたようで、……正直かなりつらかった。

だから悠一は、さらりと言ってやった。

「高校時代ですか？　すごくモテてましたよ？」

「おい！」

そのあと、本気で噴き出してしまった。玲児の狼狽(ろうばい)がおかしかった。この男でもそんな顔をするのかと思った。

「——冗談ですって。奥さん、たぶん、玲児君が女の子と遊び回っていたと思ってるんでしょうけど。あの高校、男ばっかりの全寮制で、まわりなんにもなかったんですよ。外出許可を取らなきゃいけなかったし、遊ぶところに出るのだってたいへんだったんです。バスだって、街まで一日一往復しか運行されてなかったし、…とにかく、北海道のド真ん中ですよ？　ほんと、まわり野原しかありませんでしたよ。あとは、牧場と畑。冬なんか一面、雪、雪、雪、雪、です。おれたちの楽しみなんて、食堂脇の自動販売機で、ジュース買うことくらい。本当につつましく堅実な三年間でしたよ」

玲児は安心した様子で奥さんをつついた。

「ほ～ら、言ったろ、典代？」

奥さんは上目遣いでふてくされてみせた。

「だって」

「俺はぜんぜん遊んでないって、何度言ったって信じなくてさ。——ほんと、助かったよ。ゆんちがはっきり証言してくれて」

「でも、訊いておかなきゃ。もしおじさまになにか尋ねられたら、とか」

「そんなこと、あいつはどうでもいいだろ？」

「でも、うちのお父さまはあなたのこと、とても買ってるでしょう？　すごく見込みのある跡継ぎだって、選挙に立候補するまでは、うちの会社でバリバリ働いてもらいたいって言ってるじゃない」

「まあ、それはそうだけど……」

「そのあと、選挙に当選して議員になっても、できたら管理職で居つづけてほしいって思ってるのよ、本当は」

「ま、俺も、議員よりはお義父(とう)さんの会社で働くほうが楽しいけども」

いたたまれなさで、唇を噛み締める。悠一は顔に笑いを張りつかせたまま、仲睦(なかむつ)まじい二人の語らいを見つめていた。

先日は謙遜(けんそん)していたが、そんなことはない。玲児は勤め先でもしっかり成果を挙げているんじゃないか。

義理の親からも実の親からも価値を認められて、前途は洋々と拓けている感じだ。

ふいに自分を嗤いたくなった。

──なにやってるんだろうな、おれ。

こんな茶番劇に付き合わされるために呼び出されたのか。

一刻も早く退散したかった。適当に言い訳を作って、さっさと引き上げようと思った。

「あの、……おれ、明日、ちょっと用事があるので、これくらいで……」

帰してくれと言うつもりだったのに、玲児があわてたように腰を上げたので、先を言えなくなってしまった。

「もう帰るのかっ？　まだ飯食っただけだぞ？」

「……え、いや……それは、そうだけど」

「まだ時間、大丈夫なんだろ？」

勢いに押されて、うなずいてしまった。

玲児はホッとしたのか、腰を上げた照れ隠しなのか、そのまま立ち上がって、

「だったら——俺、ちょっと、便所でも行ってくるから、…典代、ゆんち、ちゃんと引き止めといて」

困惑はあったが、もちろん引き止めてもらえたのは嬉しかった。

手洗いに立った玲児のうしろ姿をちらりと確かめ、典代さんはテーブルの上に身を乗り出してきた。口元に手をやり、いかにもないしょ話のように語りかけてくる。

「——よかった。玲児、離れてくれて。……ところで、ねえ、さっき言ったの、本当？　いなくなったから、ほんとのこと話して？」

なんの話かと思ったが、すぐにわかった。

「遊ぶところがなかったって話ですか？　もちろん本当ですよ」

いいかげんにしてほしいと呆れつつも、しかたないことかとも思う。

確かに玲児は魅力的な男だ。奥さんは年上であることに若干引け目を感じているのかもしれない。

——そんな必要はないのに。

あなたはとても美人で、玲児はあなたをとても愛している。

高校時代から、嫌だ嫌だと言いつづけているわりには、あなたの悪口はひとことも言ったことがない。それどころか、ひじょうに信頼していると言っている。二人の会話からも、それは感じられた。

だがそこで、典代さんは恐ろしい言葉を吐いたのだ。

「玲児にはないしょにしててほしいんだけど。——彼、一生忘れられない人がいるらしいの」

一瞬、息が止まった。

心臓を、ぎゅっと冷たい手で摑まれたような衝撃だった。

「…………一生、……忘れられない、人……？」

赤い唇が恐ろしい言葉を吐きつづける。

「そう言ってたわ。でも、付き合っていたわけじゃあ、なかったらしいの。一回キスしただけだって。でも、その人以上に好きになれる人は永久に現れないだろうって、……だから結婚はよそうって言われたのよ」

　生きながら身体を凍らされる感覚というのは、こういうものなのではないか。

　全身の細胞が冷えて、固まっていく。

　悠一の気持ちなど知らない典代さんは、眉を顰めて、

「私には、嘘はつきたくなかったんですって。そういうとこ、妙に律儀なのよ。…馬鹿正直っていうか、……でも、私たちの一族の内情、少しは知ってるでしょう？　とにかく、まともじゃないのよ。古いおやじどもは、とくにね。…まあ、選挙に出たことない人にはわからないでしょうけど、あれ、落ちると地獄なのよ。金も名声も権力も、一瞬でパァ！　支援者にも謝りつづけなきゃいけないの。本当につらいのよ。…だから、石に齧りついてでも勝ちに行かなきゃいけないの」

　否定すればいいのか肯定すればいいのかわからず、凍りついた心臓のまま、悠一は曖昧に相槌を打った。

「本当のことを言うとね、私のほうにも、相手がいたの」

「えっ？」

「いたの、というか、今もいるの。大沢よ。さっきの運転手の」

　急にそんなことを打ち明けられて、たじろいだ。

「それは……」

「いいのよ。もちろん玲児も知ってる。知ってて、ああいうふうに普通に接してくれるわ。私たちはそういう夫婦なの。契約結婚って言ったほうがわかりやすい？　本当は、どっちも結婚なんかしたくなかったけど、私たちが結婚して子供作らなかったら、おやじども、どんな手を使ってでも、強制するわ。子供の頃から脅されてたもの。拒むなら座敷牢に閉じ込めて、とかね」

あまりにひどい話だ。悠一は思わず声を荒らげていた。

「だからって……なにも、若い二人が犠牲にならなくても！」

典代さんはうっすらと笑んだ。

「いい子ね。あなた。本気で怒ってくれるのね。——じつを言うと、玲児が友達だなんて言ったの、あなたと、…梅田くん？　あの大きな子だけなのよ。取り巻きはたくさんいても、みんな知り合いって呼んでたわ。ぜんぜんあつかいが違うのよ。先週も、銀座であなたと会ってから、妙に興奮しちゃって。私が会いたいって言ったら、…ね？　わかるでしょ？　大喜びで乗ってきたし……だから、あなたなら、知っているかと思ったの」

「おれは…」

典代さんはさらに身を乗り出してきた。

「どんな子だか、知っておきたいのよ。私と玲児は、運命共同体みたいなものだから。…それで、玲児が恋をしたなら、高校時代しか考えられないのよ。それ以外は、月一くらいで会ってたから、玲児、私には相手のこときちんと紹介してくれたはずだわ」

心臓がまともに動いているのが不思議なくらいだった。もう凍りついて、固まってしまっているのではないか。

「……いえ、おれは……」

典代さんは手を合わせて拝むような恰好をした。

「思い出して。お願い。玲児が恋した子の情報、少しでも欲しいのよ」

たとえ相手が特定できても、もう玲児とあなたは結婚して子供までいるじゃないか。今さらどうするっていうんだ？　と思いつつ、愚直にも悠一は言われたとおり記憶を探ってみた。

「もしかしたら……街に出た時、知り合ったのかも……。時々は、先生から外出許可が下りたんです。それで、一番近い繁華街までバスで出て、ゲームセンターに行ったり、お菓子を買ってきたり、――でも、すみません。おれたち、じつはそんなに仲がよかったわけじゃないんです。玲児君は、…なんていうか、華やかなグループのトップだったし、……おれのほうは、地味で根暗なグループだったし」

典代さんはとくに反論はしなかった。ということは見るからに自分は地味で根暗そうなのだろうと察せられた。

「そうなのね。……やっぱり、探り出すのは無理なのね」

無意識に腕時計に視線を流していた。

早くこの場から去りたかった。もうこれ以上顔を取り繕えない。

早く家に帰って、頭から熱いシャワーを浴びたい。今日聞いたことも、今日あったことも、すべて脳裡から消し去りたい。

最初から一ミリたりとも希望などない恋だったのに、なぜまだこんな目に遭わなければいけないのか。

玲児が洗面所から戻ってきた。それでも悠一は立ち上がり、

「ごめん。やっぱり急用を思い出しちゃったから。今日はこれでお暇（いとま）させてください」

財布から二千円だけ出してテーブルに置き、返事も聞かずに出口へ向かった。

「ゆんち！　おい！」

「お金なんかいいわよ！　こっちが誘ったのに！」

二人もあとから追ってきた。入口あたりにほかの客がいたため、出る前に腕を摑まれてしまった。摑んだのが典代さんだったので、振り払うこともできなかった。

「ごめんなさい。忙しかったのね。今日は無理を言っちゃって悪かったわ」

「いえ」

頭だけ下げて帰ろうとすると、典代さんが顔を近づけてきた。耳元でコソッと言う。

「――最後に言っとくわ。悪いことは言わないから、あの女の子はよしなさい」

さすがに振り返ってしまった。

「……どういう……」

真剣な眼差しとぶつかった。

「あなた、手の上で転がされるわ。お金もそうとう使われる。見た目どおりの子じゃないわよ？　同じ女だから、わかるのよ」

「それは…」

押さえつけるような口調で、典代さんは重ねて言った。

「よしなさい。年上の女からの忠告よ。あなた、玲児の数少ない本当の友人みたいだから、おせっかいを承知で言ってるのよ？　適当な言い訳をつけて、結婚は取りやめなさい。あとでぜったい泣くはめになるわ。あなたが、ね？」

不快感と情けなさに襲われた。ひとつ頭だけを下げて、摑まれた腕を引き抜いた。

典代さんが嫌がらせを言っているのではなく、純粋な厚意から言ってくれているのがわかるから、よけい惨めだった。

言われなくても、もう知ってしまった。

麻里奈はかわいいだけの子じゃない。数年間も平然と嘘をつきつづけられるような子だった。

逃げるようにファミレスから出てから、悠一はつぶやいた。

「…………だけど……もう遅いんですよ」

もう結婚に向かい始めている。

止めようがない。止め方なんかわからない。

麻里奈を嫌っているわけじゃない。とてもかわいい。少しくらい隠しごとがあってもいい。手の上で転がされても、金を使われても、働いてなんとかなる程度だったら、許せるし、かまわない。

許せないのは、……自分のほうの、この気持ちだ。

結婚が決まっているのに、ほかの人に恋い焦がれている。

それも相手は、妻子持ちの流水玲児だ。その上、玲児はずっと初恋の人を想いつづけているという。

馬鹿らしさに泣きたくなる。

悠一は夜空を仰いだ。

土の匂いを嗅ぎたい。満天の星を眺めたい。

自分はどうしてこんな場所で生きていかなければいけないんだろう。

「……これがマリッジブルーってやつかな？」

口に出して言ってみる。

そんな簡単なものならいい。笑い飛ばせる程度の感情なら、いい。

こんな薄汚い想いをいだいたまま、麻里奈と結婚しなければいけないなんて……。

ところが、家に帰った直後、電話が鳴ったのだ。

まだ玄関に入ったばかりで、コートも脱いでいなかった。

『もしもし？　俺だけど』

悠一はおおげさに嘆息した。馬鹿なのかおれは、と自分を罵りたくなる。

先日かかってきた時にアドレス登録をしておけばよかったのに、あの時は動転しすぎて忘れていた。だからまた出てしまうはめになった。

不快感で、ついぶっきらぼうな返事になってしまった。

「……ああ、なに？　なにか忘れもの？」

『さっきは、…悪かったな。おまえ、忙しかったのに』

玲児は探るように話を始めた。

「……ああ、…うん、いいよ」

『それでさ……典代、なんか馬鹿なこと訊いたんだって？』

ああ、それが気になったんだなと電話の意味が理解できた。

「馬鹿なことっていうか、……うん、奥さんだったら普通訊くようなことだよ。愛されてるんだな、きみは」

　多分に嫌がらせが含まれていたが、それくらい言ってもかまわないだろう。こっちは、夫婦の惚気(のろけ)話に付き合わされたんだから。

　恐る恐るといった感じで玲児は尋ねてくる。

『俺の、初恋の相手が誰か、しつこく訊いたんだろ?』

　玲児の口から直接初恋の相手という言葉を聞くと、やはり胸に痛かった。

「うん。おれは知らないから、知らないとだけ答えておいたよ。……正直に言うと、あの運転手さんが恋人だなんて話まで、奥さんから聞いちゃってね、…びっくりしたよ。いろいろあるんだな、夫婦関係っていうのは」

　ふっ、と嗤ったような声が聞こえた。

『どこまで聞いた?　俺らがSEXしてないってことも、典代、バラしたのか?』

「……えっ?」

『へえ。さすがにそこまではバラさなかったのか』

　驚きすぎて声が裏返ってしまった。

「でも、…でも、きみたち、子供が…」

『SEXできなかったんだよ。結婚式を挙げて、覚悟は決めてたはずなんだけどな、…その場になったら…………俺、どうしても勃(た)たなくてさ。やろうとしても、……初恋の相手の顔がチラついて、……無理だった』

返事などできようはずもない。玲児は自嘲的に言った。

『これ、もしうちのおやじとかに会っても、言うなよ？　医者に頼んで人工授精してもらった。だから、いちおうは、俺と典代の血を引いてる子だ。俺たちは、筋だけは通した』

玲児の告白は衝撃的だった。胸が詰まって言葉も出ない。

――そんなに好きな子だったんだ……。

それだったら奥さんが相手を知りたがるのも当然だ。

いったいどんな子なんだろう。

きっとかわいらしい子だ。素直で愛らしくて、玲児ほどの男がそこまで惚れ込んでしまったのだから、性格もとてもいいに違いない。

しばらく間があった。

玲児は、投げ捨てるように、言った。

『また飲みにとか、行かないか？』

「いや、もういいだろ？　今夜一回食事に行ったんだし。……正直、奥さんの話は、ちょっと刺激が強すぎる」

『二人で、だよ。典代は、抜きだ。…あ、クリスマス前後だから、彼女と予定があるか？』

甘狂おしい想いが胸に広がった。それが情けなかった。

もちろん変な意味じゃない。玲児にしたら、数年ぶりに学生時代の知り合いに会って、昔話をしたいだけなのだろう。

せめて話題を変えたかった。思いつくまま、言っていた。

「……ああ、そういえば、奥さんに、あの子はよせって言われたよ。それも、びっくりした。急にそんなこと言われたから」

しばらく黙ったあと、玲児は答えた。

『俺もそう思った』

意味深な言い方だった。

「なぜ？」

『……おまえには、合わない』

あまりにきっぱりと言い切るものだから、ふつふつと怒りが湧いてきた。なにに対してだかわからない。自分は幸せな生活を送っているくせに、人が前に進むのを阻もうとするのか。忘れようと必死で踠いているのに。

――きみが、いったいおれのなにを知っているというんだ？　おれの想いにすら一切気づかなかったきみが？

つい、つっかかるような尋ね方になってしまった。

「どういう理由で？」

『見りゃあ、わかる。誰でもな。典代もそう思ったんだったら、間違いないだろ。…あいつ、それほど人に親切なたちじゃないくせに、おまえにはそんなこと言ったんだったらな』

「ずいぶんわかり合ってんだな」

『ガキの頃からの付き合いだからな。戦友みたいなもんなんだよ』

「普通は、違うよ。結婚したって、…いや、するからって、なんでもわかり合えるわけじゃない」

『そりゃあ、そうだろうけど』

「おれには、……奥さんときみは、とても愛し合っているように、見えたよ。過去にどんなことがあっても、奥さんに恋人がいても、きみが、……その、初恋の人が忘れられなくても、……少なくとも子供を作り、きちんと親として務めを果たしている。織音くんがすごくいい子に育ってるのが、その証拠だよ」

照れ臭そうに玲児は同意した。

『まぁ、……織音は、確かにいい子だと思うよ。俺の子にしちゃあ上出来だよ。典代の血筋と育て方がよかったんだな』

流水夫妻は、とてもうまくやっている。問題があっても、二人で話し合い、ひとつひとつ乗り越えてきた。

それに比べて、自分たちはどうだ？

信頼などカケラもないじゃないか。

麻里奈が晃希と知り合いだったことに怒っているのではない。

あの二人に、強い感情があるのが恐ろしいのだ。

あれから麻里奈は、晃希のことなどまったく触れず、いつもどおりのＬＩＮＥを送ってくる。

【おはよう】

【今日も寒いね】

【今日は会社の人とパスタを食べたよ】

あまりに普通すぎて、かえって怖くなる。

――このまま、何事もなかったかのように結婚に向かっていいのか……？

ふいに寒気のようなものに襲われた。人生を左右するような局面にいるというのに、相談できる相手など誰もいない。父にも母にも言えない。友達と呼べる人間など、今の自分には一人もいない。

そつなく生きてきたつもりだったが、それは誰とも深く付き合わなかったからだ。誰ともトラブルを起こさず、世間の片隅でひっそりと息をひそめるように暮らしてきた。

後悔はしていない。だが、虚しい気持ちになる時はある。

風の音が聞こえたような気がした。

北海道の吹雪の音に似ていた。

その音に背中を押されて、……少しだけ、…ほんの少しだけ、気持ちを打ち明けたくなってしまった。

「あのさ、……このあいだ、弟とひさしぶりに会ったんだ。彼女を、両親に紹介するために、ペンションに連れていった」

『ああ。確か、津久井の山奥に開いたんだったな』

覚えていてくれたんだ。地名までもを。

そんな程度のことでも嬉しい。嬉しいと思ってしまう自分が哀れだ。

「二人が、知り合いだったんだ。それも、……なんだか、あまりいい関係じゃないみたいで、…でも、訊けないんだ。どっちにも。クリスマスとか、正月の予定とかも、なんか話しづらくて、切り出してない」

『……ゆんち、また一人でかかえ込んでるのか』

懐かしい物言いだった。

玲児は妙に勘の鋭いところがあって、落ち込んでいたりすると、よくそういうふうに言って、肩を抱いてきた。

ゆんち、考えすぎなんだよ。もっと気楽に生きろよ。

あの、寮の自動販売機でコーラを買って、ちびちび飲みながら話していた場面を思い出した。

ほかの人間とあまり会いたくなくて、わざわざ夜中、生徒が寝静まっている時を狙って買いに行くのに、なぜだか玲児とは頻繁にかち合った。

そういう時は、そのまま外に出て、叢に座り込み、二人だけで話すのがつねだった。

さまざまなことを話した。しんとした夜の空気に触発されて、普段は語れないような内心も吐露してしまったような気がする。

弟が父違いなこと。少年院に入れられて、一家は逃げるしかなかったこと。自分は、弟にひどく嫌われてしまっていること……。

玲児のほうも、たくさんのことを語ってくれたような気がする。

見上げれば、空を覆いつくさんばかりの星が瞬いていて。自分たちがひどくちっぽけな存在に思えて、玲児に話し終えると、少しくらいの悩みなど吹き飛んでいた。

素直に本心が出た。

「——うん。そうみたいだ。一人でかかえ込んでる」

『俺でよければ、話、聞くぞ?』

心の中でなにかがそそのかす。

これを口実にしてしまえ、と。そうすれば玲児と二人で会える。

麻里奈と晃希は、たぶんたいした知り合いじゃあない。そうでなければ、隠してなどいないはずだ。

そう思う反面、厭な予感が胸を焼く。

本気で思っているのか？　あれが、なにもない人間たちの態度か、と。

それでも、気持ちに、負けた。

「………じゃあ、……少しだけ、聞いてくれる、かな……？」

数拍置いてから、玲児は応えた。

『……そっか。…うん。じゃあ場所と時間――さすがにファミレスってわけにはいかないだろうから、…おまえんとこの最寄り駅に、金曜七時集合でどうだ？　駅前なら飲み屋くらいあるだろ？』

「うん。そうだね」


電話を切ったあと、血が沸き立つような感覚に狼狽した。

――また玲児と会える……。

拳を握り締めて、感情を抑え込もうとした。

馬鹿だ。なんて馬鹿なんだろう、おれは。

会ってどうするっていうんだ？　忘れようとしている恋心は、玲児に会ったらさらに悪化してしまう。わかりきっているくせに、なぜまた会おうとしているんだ……？

安アパートのシミだらけの天井に視線をやった。

当然、星など見えない。

これが現実だ。

どのみち自分など、彼の心の片隅にも住めない。住む資格がない。

玲児と自分では、生きている世界が違う。

人間は、自分に合った世界で生きるしかないのに、……おれはいったいなにを望んでいるんだろう……。

6

落ち着かない一週間だった。

自分の立場をしっかりわきまえろ。浮かれるな。

おまえには麻里奈ちゃんという婚約者がいるんだし、玲児には奥さんがいるんだから
な？　くれぐれも馬鹿な態度はとるなよ？

そんなふうに必死で自分を抑え込まないと、感情に押し流されてしまいそうになる。

自分は玲児にとって『友人』なのだ。なんでも語れる友として認めてもらえたのだから、
それだけで満足しよう。それ以上を求めてはいけない。

金曜日。今週も残業になってしまった。

待ち合わせ時間に遅れてはいけないと早足に工場を出たところで、――門前に佇む麻里
奈を見つけてしまった。ぎくりとして足が止まった。

悠一と視線が合うと、麻里奈は一瞬硬い表情を浮かべた。

「……悠一さん、お疲れさま」

ぎこちなく笑う。手を胸の前で組み合わせている。祈るような恰好だった。その姿を見ただけで、なぜ待っていたのか察せられた。

「……ああ、…うん」

直接会うのは二週間ぶりだったか。ＬＩＮＥのやり取りはあったが、それだけだった。今までならクリスマスには食事くらいしたのだが、今年は仕事が忙しいと言ってうやむやにしていた。

「あの、ね」

話し出そうとする麻里奈に戸惑った。どういう態度をとればいいのかわからなかった。男らしく、晃希のことなど気にしていないふうを装えばいいのか。それとも、疑問を素直にぶつければいいのか。

このあいだ、『なにも訊かないのね』とつぶやかれた時、返事ができなかったのは、――ただ、麻里奈の顔を曇らせたくなかった、それだけだった。

玲児に対するような強烈な想いではないが、悠一は麻里奈を好きだと思っていた。自分などにはもったいない女性だ。今でもそう思っている。

ようやく口から言葉が出てくれた。

「……えっと……ごめん、麻里奈ちゃん。来てくれて悪いけど、今日はこれから友達と飲みに行く予定なんだ」

「じゃ、あたしも…」

ついてくると言いたいのか？　麻里奈はとても感情に忠実な子だ。自分がついていきたいと思えば、多少強引でも押し通すだろう。

相手は誰かと訊かれる前に、急いで先手を打った。

「ほら、このあいだの彼だよ。なんか奥さんとモメてるらしくて、相談受けちゃったんだよ。ほかの人がついてきたら、彼も話しづらいだろ？」

暗についてこないでくれ、と告げる。玲児夫婦には申し訳ないが、今回は逃げる口実になってもらおう。

「じゃ、ね。おれ、行くからね？」

踵（きびす）を返そうとしたところ、コートの袖を引かれた。振り返ると、麻里奈と目が合った。彼女は咳（せ）き込むように話し出した。

「あのね、——晃希とは、ちょっと付き合ってたけど、それだけだから！　中学の時だけだし、あたし本当に、悠一さんのことずっと好きだったし…」

やはりそうかという思いもあったが、とにかくやめてくれと思った。人前で話すようなことではないだろう。

間の悪いことに、工場のパートさんたちが出てくるところだった。ただならぬ雰囲気を察したのか、軽く会釈（えしゃく）をしただけで通り過ぎていく。

悠一はコートの袖を摑んでいる彼女の手を、やんわりと振り払った。

「また、話そう？　今日のところは、約束があるから。ね？　そうしよう？」

麻里奈は泣き顔だ。

「またって、ＬＩＮＥの返事もすぐにくれないし、電話もくれないし。今年はクリスマスのプレゼントもくれないし」

「……ごめん。忙しかったんだ。クリスマスのことも、…ほんとに、ごめん」

「でも、ＬＩＮＥくらい、自分から送ってくれてもいいじゃない！　どうしていつもいつもあたしから送らないといけないのっ？」

「ＬＩＮＥ、嫌いなんだよ、おれは！」

きつい言い方をされ、つい本音を返してしまった。言い訳がましく付け加える。

「ほら、…おれ、寄宿学校育ちだろ？　あそこ、携帯電話とか禁止だったからさ……慣れてないんだよ。おはよう、とか、おやすみ、とか、今ご飯食べてるとか、やりとりするの……ほんとに、ごめんってば」

麻里奈は折れない。剣呑（けんのん）な表情で食ってかかってくる。

「そんなこと、最初から言ってくれればよかったじゃない！」

「言ったよ！　言ったはずだよ！」

おとなげない言い返しをしてしまった自分を恥じた。言ったことは確かなはずだが、彼女は本気にしていなかったのだろう。今の時代にそんな人間がいるわけがないと思っていたのかもしれない。

だが、嘘ではないのだ。

スマホもゲームも、ないことに慣れてしまえば、なんということもなく暮らせる。いや、かえってないほうが楽だという人間も、確かに存在するのだ。現に、ここに一人いる。

待ち合わせ時間に遅れているという焦りと、わかってくれない麻里奈に対する困惑で、悠一は身動きとれなくなってしまった。

怒っている彼女を宥められる自信はなかった。口ではとうていかなわない。

そこで――救いのように電話が鳴った。

ポケットからスマホを取り出し、出る。

『俺、駅前に着いてるんだけど。ゆんち、今どこ？』

玲児だ。助かったと思った。悠一はスマホを麻里奈に差し出した。

「ね？　嘘じゃないだろ？　流水だよ。話す？」

きつい目になり、麻里奈は引ったくるようにスマホを取った。まさか本当に話そうとするとは思わなかった。

「……もしもし？」

喧嘩腰の物言いだ。玲児の驚いたような声が洩れ聞こえてきた。

『え？　もしかして彼女さん？』

麻里奈は仏頂面で返す。

「はい」

『ゆんちは？』

ちらりと視線を流してきた。

「悠一さんですか？　……今、そばにいますけど？」

『──あ、……仕事終わりで会いに来たの？　……えっと、でも、悪いけど、今日は俺と先約があってさ。ちょっと彼氏、借りるから』

まだ信じていないのか、それともどうしてもついてきたいと抗議したいのか、麻里奈は不機嫌そうな顔でスマホを返してきた。

「じゃあ、──そういうわけで、おれ、行くから。ほんとにごめんね？」

駅に向かって歩き出そうとすると、麻里奈は仁王立ちで怒りをぶつけてきた。

「わかった。今日は帰るけど。本当に、LINE、そっちからも入れて。昔、寄宿学校にいたからって、もう卒業から何年経ってるの？　いいかげん普通の生活に慣れて？　そうじゃないと、まわりが迷惑だから」

放たれた言葉の矢が肌に突き刺さってきた。悠一は言葉もなくうなずくしかなかった。

待ち合わせ場所に着いた時は、約束の時間を一時間以上過ぎていた。

それなのに、玲児は悠一を認めると笑ってくれた。

「おう！」

「ごめん。すごい遅刻だ。…急いで来たんだけど……。寒かったろ？　こんな場所で待ち合わせなんかしなきゃよかったね。せめて屋内で、座れる場所にしとけばよかった」

玲児は声を上げて笑った。

「寒いったって、ここ関東だぞ？　俺ら、北海道で、あの寒さの中で暮らせてたんだから、この程度は屁でもないだろ？」

人を安心させる言い方と笑い方は、昔と変わらない。

こんな人間を、好きにならずにいろというほうが無理な話だ。

玲児は先に立って歩き始めた。

「時間あったから、適当に場所、探しといたぞ」

五分ほど歩いて連れていかれたのは、海鮮料理のダイニングバーだった。

「ゆんち、好き嫌いなかっただろ？　俺、ホッケ食いたくてさ。ここ、北海道から食材取り寄せてるっていうから」

「——そうだな。おれも食いたいよ。こっち戻ってきてから、愕然としたよ。むこうで食べたホッケの半分くらいしかなくてさ」

「そうそう！　身の厚みも半分だよな！」

「奥さん、料理は得意なの？」

「ん～、まぁ、時々はするけど。基本的に家政婦さんだな。なんせお嬢様育ちだからな、典代」

玲児と話しているだけで、全身が熱くなる想いだった。

座敷などで面と向かったらまともに話せなくなるかもしれない。そう危惧していたのだが、玲児はありがたいことにカウンター席を選んでくれた。

スツールに並んでかけ、内心ホッとした。

――これならなんとか普通に話せそうだ。

まずはどちらもビールを選んだ。あとはホッケとお造り、浜焼きなど、いくつかの料理を頼む。

右側に座った玲児の手だけを見ながら、悠一はしいて軽い口調で口を切った。

「まいったよ。彼女に絡まれてた時だったから、電話くれて助かったよ」

「大丈夫か？」

大丈夫じゃない。だがそれは、麻里奈のせいではなく、きみのせいだ。

いかにも空腹だったふうを装って、しばらく無言で飲み食いした。

背後からは大学生グループなのか、イッキ、イッキの掛け声が聞こえる。

「まだイッキとかするんだね。もうやらないのかと思ってたよ」

　玲児は応えない。

　いいかげん本題に入らないと不審がられそうだ。悠一は渋々ではあったが、先日の話を始めた。

「このあいだもちょっと話したけどさ。……弟と、彼女がおかしな雰囲気なんだ。それでさっき、聞かされた。やっぱり二人、中学の時付き合ってたんだって」

「……そうか」

「でも、それから何年にもなるし、もう結婚に向かってるっていうのに、ずっと秘密にしてたのが、……なんていうか、もやもやしてね。晃希が元カレだって、言ってくれればぜんぜんかまわなかったのに。…麻里奈ちゃんは、かわいいし、人懐こいし、過去に付き合った男の一人二人いて当然だと思うんだ」

「なんか、次、飲むか？」

　こちらの話の返しではなく、まったく違うことを言う。

「……あ、…うん」

「ゆんち、あんまり酒、強くないだろ？　軽いのにしとけよ」

「わかる？」

「耳、かなり赤い」

とっさに手で隠していた。耳などを見られていたのかと、よけい顔が熱くなってしまった。

――違うよ。酒のせいじゃない。

実際、悠一は酒に強いほうではないが、さすがにビール一杯で赤くなったりはしない。騒がしい店でよかった。静かなカクテルバーなどで飲んでいたら、もっとひどいことになっていただろう。

玲児はなにも訊かず、悠一のためにバイオレットフィズを頼んだ。自分はジントニックだ。

「……なんだか、子供あつかいされてないか、おれ？」

ふてくされぎみに言うと、ぽつりと返してくる。

「そうじゃない。あんまりおまえ、酔わせたくないんだ」

「べつに暴れたりはしないよ？」

「そうじゃなくて、……こっちの問題だ」

どうも歯切れが悪い。思わず横を見ると、玲児はサッとむこうを向いてしまった。

「こっち見るなよ」

「どうして？　きみはおれのほう、見てたくせに」

「いいから！　とにかく、……なんだ？　麻里奈ちゃんか？　俺、正直に言って、あの子、苦手だからさ。やっぱ、おまえには合わないと思う。聞きたくないかもしれないけど、……ゆんちが将来、泣くのは見たくないんだ」

あまりに真剣な物言いだった。

「おれ、将来、泣くことになるのかな？」

馬鹿げた質問だが、玲児は真面目に応えてくれた。

「ああ。命賭けてもいい」

おかしくなってしまった。バイオレットフィズのグラスを持って、綺麗に澄んだ紫色を眺める。

ひと口含んでみる。すみれとレモンの味が爽やかで、甘かった。本気で心配してくれる玲児の気持ちもまた、心に甘く沁みた。

「ふ〜ん。そこまできっぱり断言しちゃうんだ？」

「ゆんちには、もっと素直な子のほうが合う。素直で、優しくて、思いやりのある子を探せよ。あの子とは別れろ」

ふいに、茶化したくなった。自分のほうばかり玲児に翻弄されて、少しくらい意趣返し（いしゅがえ）をしてもいいだろう。

「そういえば、きみ、一生忘れられない相手って、高校時代に知り合った子なんだって？」

玲児の手がびくっと震えたのが見えた。よほど驚いたようだった。

「…………典代がそう言ったのか？」

悠一は素直に謝った。

「えっと、……違う、ごめん。そうじゃないかって言ってたから、カマかけただけ」

ったくっ。と、玲児は舌打ちした。

「心臓に悪いことすんなよ。……まじで、知ってんのかと思っただろ」

悠一こそ、心臓を凍ったナイフで刺し貫かれたような気分だった。ということは、本当に高校時代に知り合った子なのだ。

「誰？　どこで知り合った子？」

止められなかった。どうせ叶わない恋なのだから、すべてを知って終わりにしてしまいたかった。

「……どこで、って……言えるかよ、そんなの」

「年は？」

「同い年」

「かわいい子？」

「ああ。ものすごく、かわいい子。かわいくて、性格がよくて、思いやりがあって、……いいとこしか、思いつかないくらいだ」

自分の手も震えていた。心を食(は)む絶望で、力の加減ができなくなりそうだった。悠一はグラスをコースターの上にそっと置いた。

もう質問もネタ切れだった。

これでいい。これで流水玲児のことは忘れられる。

自分にそう言い聞かせているところだった。玲児が溜息(ためいき)のような声で話し出した。

「そうだよ。高校時代に、知り合った。好きで、好きで……一日じゅう、そいつのことしか考えられなかった。なんとかしてそばに行きたくて、……みっともないまねもたくさんして、追いかけたよ。そいつの目には俺なんか映ってないの、わかってながら、我慢できなかった」

神父様の前で告解(こっかい)でもしているようだった。あまりにせつない声だった。

「ずいぶんと熱烈だな」

軽口を叩いたつもりだったが、声は情けなく掠れていた。

「そうだな。そいつ以上に好きになれるやつなんて、たぶん一生現れない。……あきらめてるよ。自分でも、なんでこんなに好きなのか、わからない」

馬鹿な質問をした数分前の自分に怒りが湧いてきた。

痛みには慣れている。それでも痛い話だった。ありったけの根性を振り絞り、平静を装うしかなかった。

「その人に、告白はしなかったの？」

「できるわけがない相手だったんだ」

「きみだったら、誰が相手だって問題なかったろ？」

皮肉っぽく言ったつもりだったが、本心でもあった。玲児に想いを寄せられて不愉快な人間など、この世にいるはずがない。

玲児は自嘲的に言い返してきた。

「そうでもないさ」

「今からでも、好きだって伝えてみたらどうだ？」

は、…と悲し気な笑い声が聞こえた。

「そいつを苦しめるだけだ。俺が勝手に惚れて、勝手に想ってただけだ。それに、そいつにはもう恋人がいる。あんまりまともじゃないの、だけどな」

「まともじゃないってわかってるなら、きみが恋人に立候補すればよかったじゃないか」

唐突に玲児は馬鹿笑いを始めた。

「……え？　なに？　おれ、なんかおかしなこと言った？」

玲児は数分間笑っていたような気がする。ようやく笑いやめると、

「ああ」

苦渋の滲(にじ)む声で、うなずいた。

「ゆんちの言うとおりだ。そうすればよかった。結婚させられる前に、一度だけでも告白しとけばよかった。…気持ち悪がられるだろうけど……それでも、まだ自分の中であきらめがついた。もう遅いけどな」

確かに、もう遅い。玲児は結婚してしまっているし、子供もいる。

「……だけど、言い訳じみてるけど、高校卒業してから、連絡も取れなくなって。このあいだ、ひさしぶりに会ったんだ。偶然、街中で、……それで、気づいた。まだぜんぜん忘れられてなかった。……それからは、会っても、どうすることもできないのに、……声が聞きたくて、話がしたくて、……また馬鹿なまねしてる。一瞬でも繋がってたい。ほんと、自分でも思うけど、しょうもない馬鹿だよな、俺」

聞けば聞くほど胸が締めつけられる。

――いったいどういう女性なんだろう。

いい奥さんがいる。かわいい子供もいる。過去にいろいろあっても、今は文句などつけようもないほど満ち足りた人生を送っているはずだ。

なのに、昔の恋が忘れられない。思い切ることができない。

「驚いたか?」

悠一は、率直に応えた。

「……うん。きみが、忘れられない相手をずっと想ってるなんて、意外だった」

「人に惚れることなんかない人間だと思ってたのか？」

真摯な問いかけだった。悠一はグラスに視線を落とした。紫色に吸い込まれそうな気がした。

「そこまでは思ってなかったけど、…うん、でも、ほんとに意外だったんだ。きみはなんていうか、……世の中を飄々と渡っていくようなイメージだったからね。怖いものなしで、なにもかも思いどおりになる、順風満帆な人生を送るんだと思ってた」

「おまえにはずいぶん愚痴ったけど？」

「うん、まあ、そうだったけど、……根暗なおれに付き合ってくれてるんだろうなぁ、って」

「ゆんち、べつに根暗じゃないだろ。なにがあってもメゲない、ものすごくポジティブな人間だと思ってたぜ？　芯が一本通ってるっていうかさ」

「そうかな」

「まあ、池田家のえげつなさは、…ちょっときついと思ってたけどな。さすがのうちも、おまえんちほどヤバくはないしな」

「おれんち、そんなにひどいかな？」

「自覚してなかったのか？」

「したくなかった。したら、堪えきれなくなるから」

玲児の話し方は、どうしてこんなに胸に沁み込むのだろう。

ずっと彼に救われてきた。高校時代に彼が言ってくれた言葉、ひとつひとつを思い出すことで、つらい時もなんとか乗り越えられた。

せめてもの恩返しがしたかった。彼の初恋を実らせてあげたくなった。

「……なぁ、どうしても、連絡取れないのか？　その人とは、一回キスしたことがあるんだろ？」

玲児は舌打ちした。

「典代のやつ、……そこまで話したのかよ」

「うん」

自棄になったように玲児は言った。

「そいつはきっと覚えてないさ」

「そんなことないんじゃないか？」

玲児とキスをしたことのある人間が、忘れるわけがない。

ジントニックのグラスを揺らし、玲児はカラカラと氷の音をさせた。

「我慢できなくなってな。……俺は馬鹿だったけど、それが一番馬鹿なことだったな。ずっと堪えてたのに、一瞬、二人っきりになった時、抑えきれなくなった」

羨ましい。玲児にそこまで想われて、キスまでしてもらって、その人はなぜ玲児の気持ちに応えなかったんだ。

　玲児は嫌味っぽくこちらに振ってきた。

「おいおい、俺にばっかしゃべらせるなよ。――おまえこそ、どうなんだよ？　あの彼女が初めて付き合った相手、なんていうんじゃないだろ？」

　たいした量は飲んでいなかったが、気持ちが限界だった。言ってしまってもいいだろう。こんな機会はもう二度とは来ない。

　投げ捨てるように悠一は告げていた。

「初めてだよ。誰とも付き合ったことなんかない。おれも、忘れられない人がいてさ」

　ぎくりと、玲児が身体を強張らせたのがわかった。

「すごく話が合って、……というか、むこうがこっちに合わせてくれてたんだと思うけど、…おれは、か…」

　彼、と言ってしまいそうになり、ぎりぎりのところで言い換えた。

「その人と話すのが、……ほんとに、ほんとに、好きだった。それだけで幸せだった。好きだなんて、思ってもいけない人だと……」

　カウンターに肘をついて、目を掌で押さえた。気を抜いたら涙が溢れてしまいそうだった。

「おれも、その人と一回だけキスしたことがあるんだ」

玲児は無言だった。横目で見ると、グラスを固く握り締めていた。

「たぶん、なんかの冗談だったんだと思う。相手はきっと、なんにも覚えていない」

「………おまえこそ、ずいぶん熱烈じゃないか」

玲児は揶揄してきた。

「しょうがないだろ？　初恋だったし……たぶん、もう、あんな恋は一生できない。たぶん、……永遠に、その人以外は、愛せない」

「………そんなにいい女だったのか」

いい女、じゃあなくて、いい男、なんだけどね。

唇の端が上がった。無性におかしかった。当の本人の横で、積年の想いを打ち明けるなんて。喜劇でしかない。

悠一はくすくす笑い出していた。

「なんだか、すっきりしたよ。きみに打ち明けられてよかった。麻里奈ちゃんとのことも、少し考えてみるよ。アドバイス、いろいろありがとう。――じゃあ、そろそろ帰ろうか」

スツールから降りた、と思ったのだが、予想以上に酔っていたようだ。

悠一は一瞬よろけた。

とっさに玲児が抱き支えてくれた。

「おい、あぶねっ………」

腰に手を回されていて、顔が至近距離だった。隠しようがなかった。彼の瞳を見つめてしまって、…見つめたら、もう視線をはずせなくなっていた。

「………ぁ………」

駄目だ。顔に出ている。表情を取り繕えていない。瞳を覗かれたら想いを見透かされてしまう。

きみが好きだ。

きみが覚えていなくても、おれのキスの相手はきみで、……今でも、きみしか好きじゃない。

だが、玲児の瞳にも奇妙な色が浮かんでいた。熱くて、焼かれてしまいそうな……。信じられないものを見たように、玲児がつぶやく。

「………嘘、……だろ……？」

気づかれた！

悠一は懸命に言葉を吐き出した。

「違う！」

「なにが…」

「違うっ！　きみじゃない！」

懸命にもがいた。玲児の腕から逃れようと、だが抱き支えていたはずの玲児の腕は、悠一の腰をきつく抱き締めていた。

「………ゆんち……」

なにかに操られるように、怯えながら確かめるように、玲児の唇が、ゆっくり動く。

「菩提樹の、下で、……雨の日に……」

視界が潤んだ。

玲児は覚えていた。覚えていたのだ。

「違うっ。違う、きみじゃない！　勘違いしないでくれ！」

「ゆんち！」

駄目だ。

どちらも相手がいる。

嬉しさよりも恐怖に近かった。悠一は激しく首を振っていた。なんとか視線をはずそうとした。

「違う！　おれは……」

「悠一っ！」

びくっとして、ふたたび目を合わせてしまっていた。

お客様？　どうかなさいましたか？　お連れ様、具合でもお悪いんですか？

誰かが尋ねている。口調からすると、店員だ。

膝から力が抜けた。

——酔っているんだ、おれは。

これは現実じゃない。ぜったい違う。

玲児が惚れて惚れて惚れ抜いて、今でも忘れられない相手。それが、自分であるわけがない。

きっとおれは、酒で頭がおかしくなっているんだ………。

7

会計を済ませ、店外に出た。

外の冷たい空気を浴びて、少しは理性が戻ってきた。

玲児の手はまだ腰を抱いていた。

「もう、大丈夫。ちょっと、飲みすぎた。酒に弱いのに、……ごめん。迷惑かけた」

腕を押し戻し、目を瞑(つぶ)った。酔っておかしなことを口走ったと、そういうことにしよう。

そうしなければいけない。彼のためにも、自分のためにも。

だが玲児は腕を緩めてはくれなかった。

「ゆんち。逃げないでくれ」

低い、押さえつけるような声。玲児の熱情が怖い。

「……人目があるから……」

「酔っ払いを介抱してるようにしか見えないよ」

もちろんそうだろう。人は何人もそばを通り過ぎていたが、誰も気にしているそぶりは見せない。金曜の夜だ。酔い潰れているやつはあちこちにいる。

「駄目だよ。……気づかなかったことにして」

「無理だ」

「今まで、耐えられたじゃないか。どっちも」

「知らなかったからだ！」

コートごしなのに玲児の手が震えているのがわかった。

自分のほうがもっと震えているかもしれない。

「頭、冷やそう」

「できるかっ。俺は、……ずっと、ずっと、おまえが好きだったんだぞっ？」

いくら言ってもわかってくれない玲児に焦れて、つい声を荒らげてしまった。

「おれだってそうだよ！　ずっと、きみだけが好きだったよ！」

虚を衝かれたように、一瞬玲児の腕が緩んだ。その隙に身を引いた。

「おれ、帰るから！　忘れてくれ、今日のことは全部！　もうおれたち、会っちゃいけない」

「無理だって言ってんだろっ！　おまえだって、忘れられるのかっ？」

また腕を摑まれていた。強い力で、振りほどけなかった。

玲児は哀願するように言った。

「………頼むから、…ゆんち、………会って、話、するだけ……それだけなら、いいだろ……？　ほかに、なにも望まないから……」

通行人には、酔っ払い同士が喧嘩でもしているように見えているかもしれない。

悠一は唇を嚙み締めた。

怖くてたまらない。

嬉しさが痛い。歓喜が全身の細胞を冒している。爛れてしまう。内部から焼かれているようだ。

自分は天に昇っているのか、地獄に堕ちているのか。

「放してくれ、玲児」

「放したら、もう二度と会わないつもりだろ。せめて………もう一回だけでも、会えないか」

「会って、どうするっていうんだよ」

責めたつもりだったが、甘えたような口調になってしまった。

胸が震えて、苦しい。今日、来なければよかった。知らなければ耐えられた。身のほど知らずな、虚しい片想いをしているのだと、自分をあざ笑っていられたのに……。

ふいに。

玲児は手を放して、悠一を睨みつけながら、告げた。

「来週の金曜。同じ時間に、駅で待ってる」

「玲児！」

「来るまで、ずっと待ってる。来なければ、何日でも、何週間でも、待ってる」

言い捨てると、雑踏の中に駆け込んでしまった。

足など一歩も動かなかった。悠一はしばらくその場で立ちすくんでいた。

流し撮り映像でも見ているようだった。焦点のぼやけた視界の中、人波は途切れることなく流れていった。


力のない足をなんとか踏み締め、アパートまで戻った。

鍵を開け、玄関に入ったとたんに、その場で崩れ落ちた。

「…………信じられない……」

麻里奈に対する申し訳なさと、典代さん、織音君に対するうしろめたさ、なのにそれを凌駕(りょうが)する激しい喜びに、悠一はうちひしがれた。

——情けない。なにを喜んでるんだ、おれは……。

抑えきれない。玲児に放った言葉が自分に襲いかかってくる。

『たぶん、もう、あんな恋は一生できない。たぶん、永遠に、その人以外は、愛せない』

それが真実だ。はからずも恐ろしい言葉を吐いてしまった。一生自分はその言葉に呪縛される。

「………玲児……」

かろうじて抑え込んでいた想いが溢れ出る。地獄の業火のような恋の炎に全身を焼かれているようだ。

さきほどからうるさいほどスマホの音がしていた。ＬＩＮＥの着信音だ。

麻里奈が何度もメッセージを入れているのだろう。

だが、スマホを確かめることはできなかった。

――返事をしなきゃ。また彼女に怒られる……。

わかっていても、逃げたい。泥酔してしまったから。玲児と話が弾んでしまったから。

言い訳はあとで考えよう。今は、現実から逃れたい。麻里奈のことは考えたくない。

土日は寝込んでしまった。

ベッドから出たら現実に引き戻されそうで、ほとんど食事もとらずに布団をかぶっていた。

月曜には、根性を振り絞って、工場に向かった。しかしつねに足元がおぼつかない感じで、雲の上を歩いているようだった。

当然ミスを連発してしまったが、社員たちもパートさんたちも、働きすぎだから少し休めと、かえって体調を気遣ってくれたほどだった。

金曜日、終業後に駅まで向かった。

駅前の雑踏の中、玲児は鮮やかに浮き上がって見えた。厚手のダウンコートを着て、マフラー、手袋までしていた。

「よう」

軽く手を挙げた。白い息が見えた。玲児は悠一を見つめて、はにかむように笑った。

「…………来てくれたんだ」

「来ないと思ってたわけ？」

「いや」

「そのわりには、なに、その重装備？　きみ、けっこう暑がりのくせに」

照れ臭そうに応える。

「何日立つかわかんないと思ってな」

「信じてなかったんじゃない」

「信じてたよ。おまえが人をすっぽかすわけがない」

「勝手に予定、決めたくせに」

「それでも、だよ」

甘ったるい居心地悪さ。互いの瞳の奥を探り合い、そこに浮かんでいる色を見て、さらに落ち着かなくなってしまう。

玲児の瞳には、見間違えようもない恋情が浮かんでいた。

たぶん自分のほうは、もっとあからさまだろう。

「今日は、なんて言って出てきたの？　典代さんと、織音君は？」

「普通に。飯食ってくるって言っただけ。織音は、俺にあんまり懐いてないしな。俺は仕事ばっかりで、ほとんど家にいないから。織音は、俺より大沢にべったりだ」

「大沢さんにべったりって…どういうこと……？」

「ああ。典代たち、へたすると俺より大沢と過ごすほうが多いんじゃないかな。織音だって、俺のことはお父さんだけど、大沢のことはパパとか呼んでるくらいだしな」

「……きみたち夫婦、別居してるわけ……？」

「いや、同じ敷地内で暮らしてるよ。大沢は、住み込みの運転手。典代おかかえのな。……うち、家政婦とか運転手とか、全部で住み込みが五人いるんだよ。ついでに、俺らが今住んでるのは、おやじの屋敷。もっとついでに言えば、離れにおやじの妾まで一人いるぜ？」

気が昂（たかぶ）っているのか、玲児はいやに饒舌（じょうぜつ）だ。

「だって、それじゃあ、まわりの人も…」

「うちのおやじか？　あいつは、典代と大沢のことなんか気にしてないさ。自分はもっといろいろやらかしてきたからな」

流水家の複雑さは知っているつもりだったが、やはり唖然とした。

玲児はそんな悠一を見て、目を細めて笑った。

「いいんだよ。なんとかうまくやってるから。――で？　おまえのとこは大丈夫か？　あの彼女、おとなしくさせられてるのか？」

悠一は苦笑した。

「おれも、うまく取り繕ってるよ。なんとか、ね」

どちらからともなく、先日のダイニングバーへと向かっていた。

歩きながら、視線もよこさずに玲児は言う。

「海鮮料理が旨いから、って言えよ？」

意味はわかった。もし麻里奈に逢瀬を咎められても、北海道で食べたような海鮮がこっちではないから、それを目当てに食べに行っているのだと、そう言い訳をしろと言っているのだ。

「うん」

「ＬＩＮＥは教えないから。俺のアドレスも、登録すんなよ？」

その言葉も即座に理解できた。証拠をなにも残さないように。誰にも疑われないように。

肌がざわつく。抜き差しならない関係に踏み込み始めている。不倫、という言葉が脳裡で点滅する。

おぞましい言葉のはずなのに、今の自分にとっては、なんと甘美な響きなのだろう。

玲児は先週と同じようにカウンター席を選んだ。

確かに、なにかを疑われることなど微塵もない店と、席だった。

ダイニングバーと銘打っていても、手頃な価格の、ちょっと小洒落た程度の居酒屋で、背後では学生や社会人グループが和気あいあいと飲んでいる。適度に騒がしく、照明も明るい。

どうして玲児がこの店を選んだのか、ようやく理解できた。

ここならうしろめたさを感じずに飲めるからだ。

玲児は、今日は初めからジントニックを注文し、やはり悠一には勝手にバイオレットフィズを頼んだ。

子供あつかいして、とはもう言わなかった。彼に甘やかされるのが嬉しかった。

玲児はカウンターに視線を落とし、ぽつりとつぶやいた。

「…………勇気を出してればよかった」

「うん」

「こんな時期に、両想いだってわかるなんてな。馬鹿臭くて、まじで笑えてくるよ」

「……うん。そうだね」

「最初に言っとくけど」

先日と同様、こちらを見ないようにして、苦いものでも吐き捨てるような口調で、玲児は告げた。

「俺、浮気はしないから」

少し経ってから、息を吐いた。

わずかな落胆と、それを上回る安堵感で、悠一もうつむきながらうなずいた。

「…………うん。わかってる」

「おふくろの泣いてる姿が忘れられない。おやじが、女たちと遊び回ってる時に、おふくろと俺は、家ん中で、二人っきりでいた。泣いてるおふくろを慰めても、励ましても、あの人には息子の声なんか聞こえちゃいなくて……おやじを憎んでも、罵っても、あいつも、俺の言葉なんか聞いちゃいなくて……だから俺には、できない。人を裏切ったら、…裏切られたほうが、どれだけ苦しむか、ずっと見てきたから」

「……うん」

「典代にも、申し訳が立たない。なんだかんだ言ったってあいつ、最初に俺の子を産んでくれたんだ。本当は大沢の子を産みたかったはずなのに。織音だって、父親がそんなことしてるって知ったら、大きくなった時、傷つくだろ？　……俺みたいに、親を軽蔑して生きる人間になったら、可哀相だ」

玲児はこちらのほうを一切向かずに、言い募る。その想いに心を打たれた。

悠一は、穏やかに肯定した。

「うん。わかってる。きみの気持ちは、全部。おれも、する気はないから」

きみのそういうところが好きだよ。

遊び人のように見えて、きみは誰より生真面目で、武骨なほどまっすぐな男だった。

玲児は一族の中でも異端者だ。典代さんだけは、かろうじて気持ちを察してくれているのだろうが、彼女でさえ真実の恋人がいる。

玲児はそれでも、逃げずに自分の責務を果たそうとしている。

その想いを尊重したい。せめて自分くらいは、気持ちに寄り添っていてあげたい。

ひととおり語り終わった玲児は、感動したように言った。

「………ほんと、気持ちが綺麗だよな、ゆんちは」

「え？　え？　なんだよ、急に？」

「いや。俺の言葉がしっかり通じる。馬鹿にしたりしない」

褒められて、面映ゆくなった。

「きみが馬鹿じゃないからだよ。おれだって、馬鹿には馬鹿って言うさ」

「そうか？　おまえ、あのウメコだって馬鹿にしなかっただろ？」

「だって、ウメコも馬鹿じゃなかったじゃない」

喉の奥で玲児は笑った。

「すごいよな。本気で言ってるんだもんな。わかってたけどな。今度、ウメコに聞かせてやるよ。——今だからバラすけどさ、ゆんちとウメコ、三年間同室だったろ？」

「あ、…そういえば、そうだったね」

「普通、毎年変わるのに、偶然だとでも思ってたのか？　——あれさ、ウメコの父親の、差し金。あのおやっさん、けっこう羽振りのいい土建屋でさ、学園のほうに裏金たんまり渡して、息子のルームメイトをずっとゆんちにしといたんだよ。——よほど嬉しかったんだろうな。息子を馬鹿にしない友達ってのが」

「へえ。そんなことがあったんだ。…でも、おれもウメコと同室で、すごく楽しかったよ。三年間そういうことしてくれたなら、おれのほうこそ、ウメコのお父さんに感謝したいくらいだよ」

「言っとくよ、それも。ウメコ喜ぶだろうな」

そこからは二人とも黙りこくってしまった。

なにを話せばいいのかわからない。しかし無言が心地よかった。

玲児は照れ臭そうに言う。

「……なんか、妙に甘い酒だな。そんなの頼んだつもりじゃないんだけどな」

乾いた笑いが出た。

「こっちもだよ。いつもより、甘い」

視線を落としているカウンターの木目が、薄く滲んで見えた。

この、身体じゅうの細胞が歓喜しているような感覚を、どう表現したらいいのだろう。人を裏切っている罪深さにおののきながらも、好きな人のそばにいられる喜びに酔い痴れている。胸の中で線香花火がちりちりと輝いているような、名状しがたい幸福感だった。

「……………おまえの声、聴いてるからだな」

恋しい男の声にも、同じ光があった。彼の言葉からも気配からも、溢れんばかりの自分への愛情が感じられる。

だから、からかうしかない。

「なに？　意外とそういうこと言う人だったんだ？」

「おまえ以外には言わないよ」

またしばらく無言になる。

今度は悠一があたりさわりのない話題を振った。

「もうすぐ年明けだね」

「そうだな」

「いろいろあったね。あんなところで偶然会って」

「ああ。……一生忘れられない年になったよ」

「おれもだよ」

悠一が手洗いに立つ際、玲児は反射的に手を差し伸べかけたが、ぎゅっと拳を握り締めて、止めた。

「やば」

「なにが？」

「理性、保ちそうもないんだ。おまえも俺にさわるなよ？」

軽く噴き出してしまった。

「きみ、ほんとに予想外のこと言うよね」

ふてくされたように返してくる。

「しょうがないだろ。それだけ惚れてんだよ」

「趣味悪いね」

「おまえには言われたくないな。おまえこそ、趣味悪すぎだ」

じゃれ合いのような会話が、むず痒い。

「ほんと、信じられないよ。昔は、遊び人のチャラ男だと思ってたんだけどね」

「ばーか。童貞だ俺は。惚れた人間に操立ててるから、ほかのやつは一生抱かないって決めてる」

「寮内では、さんざん女性論ぶってたくせに」

「かっこつけだよ。ガキの見栄。あとはクソおやじの受け売りだな」

泣き笑いになってしまった。

「……そうだね。おれたち、二人して、魔法使いになれそうだよね」

三十まで性行為を知らなければ魔法使いになれる。そんな都市伝説を聞いたことがあった。それを茶化して言ったのだが、玲児も笑いながらうなずいた。

「ああ。決定だな」

幸せなのか不幸なのかわからない。

重い罪をかかえているはずなのに、身体が浮き立つようだ。

その夜も、麻里奈からのＬＩＮＥに返事をし忘れてしまった。


次の週は短かった。

夢の中を揺蕩うように、金曜の夜、ほんの一時間程度の逢瀬のためだけに、日々のノルマをこなした。

いつの間にか年が明けていた。

年末年始も、簡単なＬＩＮＥを送っただけで、麻里奈とは会わなかった。

会っても話ができる精神状態ではなかったのだ。

玲児も典代さんも、口を揃えて『別れろ』と言う。

悠一自身も、麻里奈とうまくやっていかれるか心配だった。

心の大部分を『流水玲児』に占領されている自分が、はたして彼女を幸せにできるのだろうか……？　こんな自分が、結婚などしていいものだろうか……？

申し訳なさと心苦しさで日々煩悶していても、金曜日になると気持ちが浮き立った。落ち着かない気分で仕事を終え、いそいそと待ち合わせ場所へと向かった。

だがその日は、いつもと少々違った。

扉を開けたとたん、店員に謝られたのだ。

「お客さん、すみません！　今日はあいにく満席で、……あ、ボックス席なら、奥のが、今ひとつ空いたみたいですけど、どうします？」

玲児は悩む様子を見せたが、しばらくして渋々うなずいた。

「カウンター席、ないのか。……しかたないな。ゆんち、そっちでもかまわないか？」

「……あ、…うん。おれはどこでもいいけど」

しかし、ボックス席で向かい合わせに座り、いつもどおりの飲み物を頼んでも、なぜだか玲児は視線をこちらによこさない。

テーブルに視線を落としたまま、唇を噛んでいる。

「どうかした？」

「いや」

「疲れてる？」

「そんなことはない」

心配になって尋ねても、首を振るだけだ。話も弾まない。

つまみにも箸が進まないらしく、何度もメニューを開いている。

一杯目を飲み終わると、玲児は、バイオレットフィズを、悠一のぶんだけではなく自分のぶんまで注文した。

——なにかあったのか……？

彼がいつも頼むのはビールかジントニックだ。ほかのものを飲むことはないのに、今日はどうかしたのだろうか。

内心ざわついた想いがあったが、気分を入れ替えようと手洗いに立った。だがあいにく先客がいた。そのままいったん戻ることにした。

そこで——初めて、玲児の思惑がわかった。

玲児は悠一が席を立った隙に、互いのグラスをそっと交換していたのだ。

「……え……？」

悠一が戻ってきているのに気づき、玲児はばつが悪そうに苦笑した。

「見られたか」

「……なにやってんだよ」

呆れたような声を取り繕ったが、悠一のほうこそ胸が詰まってしまった。

「人にはさわるな、とか言ったくせに」

「このくらい許してくれよ」

「なに？　まさか、そんなことしたくて、今日は無口だったわけ？」

玲児はわしゃわしゃと頭を掻きむしり、自棄になったように言い返してきた。

「だから！　ボックス席、嫌だったんだよ！　おまえの顔、正面から見られるほど、人間できてないんだよ、俺は！　それで、カウンターばっか選んでたのに！」

知れば知るほど、恋の深みに沈んでいく。自分への愛情を隠すことなく示してくれる玲児に、自分もまた想いを示してあげたかった。

とすん、と腰を下ろし、悠一はグラスを手に取った。

「……どのあたり……？」

はっとしたように玲児は視線を上げた。

「いいのか？」

「だって、そのつもりだったんだろ？　バレたら、照れ臭い？」

見つめ返す瞳が揺れている。

「じゃ、……裏側くらい」

「ん。わかった」

目を瞑った。せめて、唇の感触を味わえるように。

グラスはもちろん冷たかった。だが、少し前に玲児が唇をつけた箇所だ。心なしか、ほんのり温かいような気がした。飲むと、すみれ色のカクテルがとろりと喉を流れた。

目を開けると、玲児と視線が合った。

玲児もまたグラスにくちづけていた。

はにかんだような笑みを浮かべる。

「中坊みたいだな、俺たち」

「……うん」

本当にそうだ。間接キスくらいで顔が赤らんでくる。

「いい年して、馬鹿みたいだけど、……本気で、嬉しい。…ありがとう」

「うん」

「………笑ってくれよ。俺、ずっと勃ちっぱなしなんだぜ?」

「おれはそうじゃない、って思ってた?」

玲児はグラスを置き、わざとらしくイライラと拳で小さくテーブルを叩いた。それから、右手の指先を、額、胸、左肩、右肩、とあてて、十字を切った。

「アーメン。主よ、許したまえ、だな」

笑った。

「それ、癖になってるよね。なんかあるとやっちゃう。おれもそうなんだ」

「俺んち、神道（しんとう）だぜ？」

「じつは、うちもだよ」

「選挙事務所にでっかい神棚とか、飾ってるんだ」

「うちも、確かペンションに神棚飾ってあったよ」

喉の奥で笑い合う。いったん笑い出したら止まらなくなって、腹をかかえての爆笑になってしまった。

ひとしきり笑い終わってから、玲児はせつない瞳で言った。

「知りたくなかったよ」

「なにが？」

「おまえがそういうかわいい笑い方、するってこと」

「じゃあ、こっちも嫌がらせで言ってあげる。おれも知りたくなかったよ。きみって、大笑いすると、子供みたいに無邪気でかわいいよ。普段はかっこいいけどね」

玲児は苦虫を噛み潰したような顔になった。

その顔を見て、悠一はふたたび笑った。

足元がおぼつかない。玲児と飲んだあとはいつもそうだ。

現実感のない夢の世界を歩いてきたようだった。

アパートの鍵を開けたとたんにスマホが鳴った。発信元の番号は知らないものだったが、なかば朦朧（もうろう）としていたので、反射的に出てしまった。

「はい？」

返ってきた声は予想外のものだった。

『よう』

「晃希？」

玲児の時には自分の馬鹿さ加減を嗤ったが、今回は純粋に驚いた。晃希からかかってきたことよりも、弟の電話番号を知らなかったことに対して、だ。

あいかわらず喧嘩腰で、晃希は話し出す。こちらの都合もなにも訊きはしない。

『兄貴、麻里奈のこと無視してんだって？』

言われて初めて気づいた。そういえば、あれからも何回かＬＩＮＥを返さなかった。

うしろめたさに襲われた。ここしばらく、頭の中は玲児のことばかりだった。

必然的に麻里奈に対してはおざなりな対応になっていた。悠一は心から反省した。

だが、……そうか、とも思った。

彼女は晃希に相談したのか。十数年間離れていたはずなのに、あれだけ剣呑な雰囲気だったのに、なにかあった際は真っ先に話を持っていくのだな、と少し心が騒めいた。

「無視してる、ってほどじゃあ……忙しかったから、ちょっと減ってしまっただけだよ。麻里奈ちゃん、けっこう頻繁に入れてくるから」

『言い訳すんなよ！　忙しいったって、ＬＩＮＥくらい、一回一回ちゃんと返せるだろ！　なにやってんだよっ』

二人して同じことを言うんだなと思った。

だから、麻里奈にしたのと同じ言い訳を吐いた。

「おれ、寄宿学校育ちだから、文明の利器に慣れてないんだよ」

あざ笑うような声が返ってきた。

『嫌味かよ？　そんなとこに入れられたのはオレのせいだから、恨んでんのかよ？』

「恨んでるわけないだろ！」

その反対だ。あの学校に入るきっかけを作ってくれた晃希には、感謝しかない。晃希が荒れなければ、自分はあの高校へは入らなかった。玲児ともウメコとも、ほかの友人たち、先生たちとも出会えなかった。

悠一は、部屋の電気を点けながら、素直な気持ちを吐露した。

「ほんとだよ。嘘じゃない。おれにとって、Ｍ学園は、素晴らしいところだった。北海道もそうだよ。どんな事情であっても、…入るきっかけを作ってくれたおまえにも、おれは本当に感謝しているよ。ありがとう」

　嘘偽りない言葉だったから、晃希も噛みつきようがなかったのか、低く「……そうかよ」とだけ応えた。

「それで？　どうかしたのか？　なにかあったのか？」

　ぶすっとした声が返ってきた。

『……あったっていうか……だいたい察してんだろ？』

「なにを？」

『麻里奈はオレの女だったんだよ』

　言葉は思ったよりも淡々と口から出てくれた。

「うん。このあいだ、麻里奈ちゃんが言ってくれたよ。中学の時に少し付き合ってたって」

　こちらの対応が予想外だったのだろう。もっと狼狽するか、怒り出すと思っていたようだ。晃希は裏返った声で腐した。

『……へえ。あいつ、てめえで口割りやがったのか。いい根性じゃねぇか』

「そういう言い方はするなよ。相手は女の子だぞ」

『女の子ってタマかよ。あんなアバズレが』

　低く窘めた。

「晃希。そういう言い方はするもんじゃない。中学の頃、付き合ってたっていっても、今はおれの婚約者だぞ？」

『るせぇな！　アバズレをアバズレって言って、なにが悪いんだよ？　…兄貴もよくあんなのに手ぇ出したよな。オレがさんざんヤりまくったお古をよ。…ヤッたのだって、一回や二回じゃねぇんだぜ？』

さすがにショックだった。

付き合っていたといっても、中学一年の時だ。子供らしいほほえましい交際をイメージしていた悠一には、頭を殴られたような衝撃だった。

こちらの無言に気をよくしたのか、晃希は鼻高々な様子でつづける。

『そっか。さすがにあのアバズレでも、そこまではバラせなかったか』

声にならず、呻き声のような返事しかできない。晃希はさらに調子に乗って、べらべらと過去を語り出す。

『あいつ、喘ぎ声、すげえうるせえだろ？　中坊ん時、ヤるとこなくてよ～、よく体育館の用具室とか、適当な部室とかでヤッてたのさ。人に見つかるからおとなしくしてろっつっても、でけえ声であんあんよがりやがるからよ～、よくパンツとか靴下とか、口につっ込んで、ヤッたよ』

リアルすぎる話だ。耳を塞ぎたかったが、スマホを持っている手を放すわけにはいかない。そのまま聞きつづけるしかない。

『ガキだったくせに、えれぇ淫乱でさ、いっつもべちゃべちゃに濡れててさ、……あれ、俺以外にもつっ込ませてたんじゃねぇの？　初めての相手は俺だったらしいけど——とにかく、こっちが呆れるほどSEX好きだったな』

食べたものを戻しそうだった。

ほんの数分前まで夢のような時間を過ごしていたので、よけい落差を感じてしまう。聞くに堪えない淫靡な話と、弟のぶつけてくるあからさまな悪意に茫然とするしかない。

嘘ではないか、作り話ではないか。いくら早熟な子でも、さすがに中学生同士で性行為はしないのではないか。

一縷の望みでそう考えたが、晃希は子供の頃から身体も大きく、早熟だった。小学校三年の時には兄の身長を越えていた。そして、不良と呼ばれる子たちは、ひじょうに性に奔放で、年嵩の者が煽り立て、年少の子に性行為を強制するのだと聞いたこともあった。

晃希の話は嘘ではないと、悠一は直観的に察していた。

『兄貴とは、どうだ？　やっぱり、あんあんうるせえのか？』

どうしてそんなことを兄に尋ねられるのだろう。兄ではなく、他者に対しても、だ。誰に対しても、してはいけない質問があるだろうに、そういうことを学んでこなかったのか、こいつは。

──いや、違うな。

昔から晃希は、悠一を傷つけるためならなんでもした。麻里奈という新しい攻撃ネタを見つけて、嬉しくてしょうがないのかもしれない。

悠一はかろうじて声を発した。

「……そんなことは……人に話すことじゃないだろう」

声の震えに気づかれてしまったらしい。

『まさか……兄貴ら、まだヤッてねぇのか……？』

本気で驚いているような尋ね方だった。

せめてもの意地で、言い返す。

「……答える必要があるのか」

次に聞こえたのは、弾かれたような高笑い。人を侮蔑する目的の、げらげらとでも表現したいような下品な笑いだ。

『へ～え！　ヤッてねぇのか！　だから、麻里奈がふてくされるわけだ！　──兄貴さ～、女に慣れてねぇのかもしんねえけどさ、女ってのは、つっ込んでやらなきゃ逃げちまうもんなんだぜ？　いつまでもお姫様あつかいして、手も出さなかったら、そりゃあ怒るさ。麻里奈が可哀相だ。あいつ、ただでさえSEX好きなんだからな！』

もう聞いていられなかった。

悠一は無言で電話を切った。

人の悪意というのは、何年浴びつづけても、きつい。とくに血の繋がった弟からの悪意は、精神を痛めつける。

切ったあと、ははは、と乾いた笑いが唇をついて洩れ出した。

「罰(ばち)があたったかかな?」

ほかの人に想いを寄せているから。相手のいる人を、週に一、二時間でも独占してしまっているから。

しかし、悠一の弟が晃希だとわかっていて、麻里奈は隠し通せると思ったのだろうか。

それともあえて父母や晃希に会おうと言ったのか。

自問するまでもなかった。

——あえて、だな。

麻里奈は付き合い始めた当初から悠一の家族に会いたがっていた。家庭事情を話しても、執拗(しつよう)に会いたがった。

それは女の子として当然のことだと思っていたが、……唐突に、嫌な考えが頭をよぎった。

まさか、晃希に会いたいがため、兄である自分に近づいたのではないか。

出会いの最初から、すべては計算されていたのではないか。

晃希本人は中一から不登校になり、のちに少年鑑別所を経て少年院に収監された。実家の池田家は家を売り払い、行方知れずだ。麻里奈としては連絡の取りようもなかったはずだ。

恐ろしすぎる憶測に、膝から力が抜ける思いだった。

「……晃希と会いたかったのなら、おれなんかに近づかなくても、……いや、初めからきちんと言ってくれれば、連絡先くらい教えたのに……」

それでも彼女に悪気があったとは思いたくなかった。少しでも池田悠一という人間を好きでいてくれたのだと思いたかった。

もしかしたらSEXに踏み込めない自分に焦れて、昔の男にすがってしまったのかもしれない。

後悔と自責の念が胸を焼く。

――おれは、たぶん、玲児と想いが通じ合ったことに浮かれていたんだ。

麻里奈をないがしろにしていた。晃希と会ったあと、真実を知りたくないばかりに曖昧な態度をとっていた。

彼女ばかりが悪いわけじゃない。おれのほうこそ、悪かった。麻里奈の気持ちを慮(おもんぱか)ってあげなかった。

自分を責める気持ちは強かったが、これからどうしたらいいのかは、見当もつかなかった。

スマホを握り締めて、悠一は胸の痛みに耐えた。

「……玲児……」

相談したい。だが、玲児の答えは変わらないだろう。

別れろ。あの子はおまえとは合わない。

悠一は、女性の処女性にはこだわらないたちだ。麻里奈に男性経験があっても、自分は気にしない。問題は、相手が弟の晃希だということだ。そして、二人のあいだにはまだなんらかの感情がある、ということだ。

——誰も傷つけたくない、なんていうのは、…甘すぎる考えだったのかな。

麻里奈にとって、自分はどういった人間なのだろう。

情けない想いでつぶやく。

「年が明けたら、宝飾店に行くって予定だったのにな」

麻里奈と話し合わなければいけないだろう。

これから、どうするのか。どうしたいのか。

それより先に、自分に問うてみなければいけないだろう。

自分は本当に西脇麻里奈と結婚したいのか。

8

電話が鳴っていた。

ゆうべの晃希の話で悩んでしまっていたので、寝つけたのは夜半過ぎだった。

まだ目覚めていない状態で、もぞもぞと動き、ベッドサイドのテーブルに載せてあったスマホを取る。

スマホから飛び出してきたのは、ヒステリックな母の声だった。

『悠一！　晃希が、…晃希が……』

頭から冷水をかけられたようだった。一瞬で目が覚め、跳ね起きた。

「晃希がどうかしたのっ？」

心臓が早鐘のようだ。昔しょっちゅう、母のこういう悲鳴を聞いた。

晃希が警察に捕まったの！　今から迎えに来いって言ってるわ！

言い返す父の声は怒鳴り声だ。

ほっとけ！　おまえが甘やかすから、道を外れるような不良になったんだ！

ほっとけるわけないでしょう！　あなたの子でもあるのよ？

あんな出来損ない、俺の子じゃない！　どうせおまえまた、どこかの男の種仕込まれたんだろっ。変にほだされて、おまえみたいな尻軽女と結婚しなきゃよかった！

子供だった悠一は、両親のあいだでおろおろするしかなかった。興奮した親たちは、もう一人の子供の存在など忘れたように、あからさまな暴言をぶつけ合っていた。

そこには教育者の矜持（きょうじ）などなにもなかった。

警察にも何度か迎えに行かされた。世間体を気にした父母が、お互いに役目を押しつけ合い、行ってくれないので、兄である悠一が毎回適当な言い訳を吐いて連れて帰ってくるしかなかった。

記憶のフラッシュバックの中で、現実の母も叫んでいた。

『晃希、ゆうべ帰ってこなかったのよ！』

とたんに拍子抜けした。そんな程度のことで、わざわざ早朝に電話してきたというのか。

休日の土曜だからよかったものの、出勤の日だったらたいへんな迷惑だ。

母の晃希に対する過保護は昔からだが、相変わらずなのだなと嘆息した。

「……ほっといてやりなよ、母さん。あいつだって、もう二十五だろ？　友達と遊んでたりしたら、帰ってくるのを忘れたりするよ」

尖（とが）り声が返ってくる。

『あの子に友達なんかいないわよ！』

「じゃあ、彼女とか」

『彼女だっていないわ！　どうして真面目に聞いてくれないのっ。弟がいなくなったっていうのに、心配じゃないのっ？』

めまいがした。

時折、背負う荷物が重すぎるような気がする。それとも、自分の体力がなさすぎるのだろうか。この程度の荷物は、誰でも軽々と背負えるのか。自分だけが駄目な人間なのか。

その時、玄関ドアのほうから物音がした。

どかどかと激しい音までする。どうも誰かがドアを蹴っているようだ。安アパートのドアは鉄製なので、かなり大きな音が響いている。

「ちょっと待って、母さん！　なんか外が騒がしいんだ！」

『そんなこと放っておきなさい！　弟のほうが大事でしょう！』

そうしようかとも思ったが、ドアを蹴る音とともになにやら喚いているような声まで聞こえてきた。

「駄目みたいだ、いったん切るよっ」

悠一は電話を切り、あわてて玄関まで駆けた。ドアごしに声をかける。

「なんなんですか、いったいっ？　ご近所の人の迷惑になるので、やめてください！」

酔っ払いでも騒いでいるなら警察を呼ばなければ、と鍵を開ける。

しかし、ドアの外にいた人物を見て、あっけにとられてしまった。

「………晃希……」

それと、麻里奈。

晃希のうしろ、泣き腫らした目でうつむいている。

嫌な予感がした。晃希が勝ち誇ったように頰を紅潮させていたからだ。

「なにやってるんだ……？　なんで二人が……」

「ゆうべ、兄貴の返事が気に食わなかったんでさ。あれから、こいつの身体にわからせてやったんだよ。おまえはオレのイロだってことをな。ついでに兄貴にも教えといてやろうと思ってな」

晃希は麻里奈の腕を摑み、強引に前へと引っ張る。

「ほら、おまえも、兄貴に言ってやれよ。女に手も出せねえ腰抜けインポ野郎より、オレのほうがいい、ってな。オレにつっ込まれると、めちゃめちゃよがっちまうってな」

麻里奈はぽろぽろ泣きながら首を振っている。晃希の手から腕を引き抜こうとしているが、晃希はがっちり摑んで離さない。

「やめろっ。乱暴はよせ！」

すくい上げるような挑発的な目で晃希は睨み返してきた。

「こいつ、最初は嫌がったふりしてやがったけどよ、一発つっ込んだら、自分から腰振って、オレに抱きついてきたんだぜ？　――ほんと、昔とぜんぜん変わらねぇんだよな」

嘘ではないことは、麻里奈の顔から読み取れた。

絶望的な気分になった。

――ぐずぐず考え込んでいるうちに、事態はもっと悪いほうに向かっていたんだな。

怒りよりも、情けない気持ちが勝った。自分があまりにも愚鈍で哀れな生き物に思えた。

「悪いけど、帰ってくれないか」

晃希は声を荒らげた。

「だから！　オレの言ったこと聞こえてなかったのかっ？」

「朝っぱらから、人のアパートにそんなことを言うために、わざわざ二人して来たのか？　おれにいったいなにを望んでるんだ？」

突然、麻里奈が悲鳴のような声を上げた。

「無理やりヤられたの！　信じて、悠一さん！」

「信じてるよ」

答える声は自分の耳にも冷たく聞こえた。

「信じてるけど、晃希が言ったことも真実のはずだ」

虚を衝かれたように一瞬口を閉ざした麻里奈だったが、視線を上げた時には睨むような目つきになっていた。その表情と無言が、すべての答えだった。

「もう、いいだろう？　二人の気持ちはよくわかったから。——ああ、今さっき母さんから電話があったんだ。おまえのことを心配してたけど、…おれのほうから電話しとく。さっさと帰れ。言いたいことは言っただろ？」

「悠一さん！」

まだすがりつくようなそぶりを見せた麻里奈に、本気で呆れ声を出していた。

「帰ってくれ。近所迷惑だ」

「あたしの話を…」

「お願いだ。それくらいの頼みは、聞いてくれ」

麻里奈は肩を落とし、「……はい」と小さくうなずいた。

しかし晃希のほうは食ってかかってきた。

「へえ！　いいご身分だよな！　兄貴はいつもそうだ。てめえだけいい子ぶって、争いごとを避けて、いつも安全地帯に逃げ込んじまうんだ。それで、高見の見物かよ？　上から目線もいいかげんにしろよ！」

晃希が興奮すればするほど頭は冷えていく。首から上に氷が載っているようだ。悠一は冷たく尋ねた。

「じゃあ、おまえならわかるのか？　こういう時、どういう対応をすればいいのか」

さすがに晃希も黙った。

「おれたちは、婚約してたんだぞ？　おればかりを責めて、…じゃあ、おまえは、なにも道に外れたことをしていないのか？」

麻里奈に視線を流す。

「きみもだ、麻里奈ちゃん。……おれに言いたいことがあったなら、どうして直接言ってくれなかったんだ？　…察することができなかったこっちも悪かった。近頃、きみのことをないがしろにしたかもしれない。それは自覚しているから、謝る。——でも、本心を言えば、きみたちの言動に戸惑っていた。おれの対応は、そこまで責められることだったのか？」

きつい物言いだ。彼女に対してこんなことは言いたくなかった。

——でも、おれだって怒りが湧かないわけじゃないんだ。

人並みに傷つくんだ。人としての感覚がないわけじゃない。


玄関ドアを閉めてから、床に放り出したままだったスマホを取った。

電話をかけると、母は即座に出た。

『悠一っ？　もういいの？　…とにかく、一回こっちに、』

先を読んで、制した。

「行く必要はないよ。今、おれのところに、晃希と、麻里奈ちゃんが来たから」

息を呑んだ気配がした。

『——なにがあったのっ？　晃希がなにかやったのっ？』

ふーっ、と大きく息を吐き、答えた。

「おれの口からは、とても言えないよ」

よくないことが起きたことは察せられたのだろう。母はとたんに泣き声になった。

『………悠一、……ごめんなさい』

母はどうして、晃希のことでいつも謝るのだろう。いっしょに怒ってくれればいい。そうすれば同じように被害者だと思える。なのに、謝る。それは、母も晃希の側の人間だと言っているようなものだ。

「べつに謝らなくていいよ。母さんが悪いわけじゃない」

母の泣き声はさらに大きくなった。

『……母さん、育て方を失敗しちゃったのよ。悠一はいい子に育ったのに、…晃希は甘やかしすぎたから……』

甘やかしすぎた？　本気でそう思っているのか？

それではあまりに晃希が可哀相な気がした。やったことは認められないが、幼い頃から、晃希は晃希なりに精一杯のＳＯＳを出していたと思う。

だが、自分もまた幼かった。弟を庇いきることができなかった。

「そんな単純な問題じゃないと思うよ」

母は不満そうに返してきた。

『あんたは、いつもそうやって、なにがあっても動じないのね。お母さんは一晩じゅう眠れなかったのに』

嫌味を含んだ物言いに、やはり悠一は淡々と返した。

「とにかく、二人は帰したから。そのうち戻ると思うよ」


切ってから、自分の言動に呆れた。

母の言うとおりだ。そこそこの修羅場だったはずなのに、よくまあ普通に話せたものだと。

昔からそうだった。父母や弟が先に興奮してしまうので、悠一は感情を押し殺すしかなかった。

——おれだって、傷ついてるんだよ、母さん。

麻里奈は、なんだかんだ言っても晃希に怒りをぶつけに行った。母はなにかあるたび悠一に電話をかけてくる。金が足りなくなっても、夫や次男には秘密にして、かならず悠一に無心してくる。そのたび悠一は、自身の生活を犠牲にしてでも母に送金した。それが長男の務めだと思っていた。

なのに、自分にだけは、誰もいない。

頼れる相手も、泣き言を言う相手も、いない。

ぞっとするような孤独が肌に突き刺さってきた。

無性に玲児の声が聞きたかった。彼の声以外で、この寂寥感は癒せないと思った。

気づくと――床に座り込み、スマホを握っていた。

『……ゆんち?』

怪訝そうな声を聞き、そこでようやく我に返った。

――玲児っ?

無意識にかけてしまったのだ。なんて馬鹿なことを! と寒気がした。

玲児には家族がいる。土曜日ならば、いっしょに朝食をとっている時間かもしれない。

彼の迷惑になるようなことだけはしたくなかったのに。世界で一番、迷惑をかけたくない人なのに。

「……あ……うん。そうだけど……」

玲児はこちらの気配を察したようだ。

『どうかしたのか? なにかあったのか?』

駄目だ。玲児は勘が鋭い。適当に誤魔化すしかない。

「う、ん。あったけど……でも、たいしたことじゃないから。…うん、ごめん、切るね？」

玲児は押さえ込むように言った。

『今から行く』

「いいよ」

『行くよ。どこだ？　家か？』

「家だけど……ほんとにいいって。…ごめん、……どうかしてた。きみに迷惑をかけるのに……。ごめん、奥さんにも、織音君にも謝っておいて」

玲児は声を荒らげた。

『うるさい！　黙ってろ！　おまえの様子がおかしいのに、ほっとけるわけないだろ！』

不覚にも目が潤んできた。

今までずっと我慢できたのに。今だって、できると思い込んでいたのに。

優しい言葉をかけてもらうと、脆くなっていた心が崩れる。

寒いところにいる時は、なんでもないと思い込んでいる。なのに、暖かい場所に行ったとたん、震え上がってしまう。本当は、自分の身体がどれほど冷え切っていたのか実感してしまう……。

9

玄関チャイムが鳴ったのは、一時間半ほどしてからだった。

言葉どおり、玲児は都内の自宅からタクシーを飛ばして来てくれたらしい。

玲児の顔を見た瞬間に言っていた。

「外に行こう」

今、家に入れてはいけない。

きっと抑えがきかなくなる。自分だけではなく、玲児も。人目のあるところに出ていかなくては。

九時前だった。いつものダイニングバーはまだ開いていない。

駅まで歩き、目についたファストフード店に入った。

朝だが、土曜だったので、家族連れやカップルなどが数組いた。

モーニングセットを頼み、席に着く。

玲児はもう朝食を済ませていたのか、ホットコーヒーだけだった。

座っても急かすこともせずにコーヒーを飲んでいる玲児に、しいて感情を抑えながら切り出した。

「弟が来た。弟と、麻里奈ちゃんが」

玲児はカップをテーブルに置き、視線だけで先を促す。その瞳に後押しされて、先をつづけられた。

「二人、昨日、寝てきたらしい。もともと中学の時、付き合ってて、その頃から、身体の関係もあったんだって」

玲児は目を見開いた。その驚愕の面持ちが嬉しかった。

「……ウソだろ……？」

「嘘だったらいいんだけど、……きみに嘘なんかつかないよ」

ほかになにを言えばいいんだろう。

それでも、なにも言わなくてもいいこともわかっていた。

妙に凪いだ心地で、悠一は思った。

――もう、いい。

おれにも、こうして、なにもかも放り出して駆けつけてくれる人がいる。それだけでいい。それだけで、幸せだ。

「俺にできることはあるか？」

考える間もなく、真実が口をついて溢れ出ていた。

「いてくれるだけでいいんだ」

付け足した。

「きみが、この世に存在してくれているだけで、いい」

玲児は、ただうなずいただけだった。

それからしばらく、どちらも無言だった。

ダイニングバーといい、この店といい、自分たちはとことん色気のない場所で人生を語り合っているなと、無性におかしくなった。

玲児を見つめて、しみじみ思う。

髪もろくに梳かさずに来てくれたんだな、と。服装も、いつものようにピシッとしていない。手近にあったものをとりあえず引っかけて、大急ぎで駆けつけてくれたのだろう。

悠一の視線に気づいたのか、玲児はうっすらと微笑んだ。

「俺が今、なに考えてるかわかるか？」

「いや？」

「ありがとう、だ」

静かに告げる言葉が胸に迫った。

「俺を呼んでくれて、俺を頼ってくれて、ありがとう」

「ば、か。そういうこと急に……」

思わず口を手で押さえていた。必死に堪えていた感情が、一気に溢れてしまいそうだった。

「ゆんちはいつも、頑張ってるよ。頑張りすぎなくらい、頑張ってる。だから、なにかあって、誰かがゆんちを責めても、……俺だけは、おまえが悪いとは思わないから」

なるべくわからないように、目尻の涙を指先で拭った。

「なんでおれ、いつも失敗しちゃうんだろうな」

玲児は真顔で返してきた。

「おまえが失敗したのなんか、俺、一度も見たことないぞ？」

褒められるのに慣れていない。嬉しくて嬉しくてたまらないのに、つい反論してしまう。

「でも、おれは、自分からなにも決められない優柔不断な人間だと思うんだ。今回のことも、ぐずぐずしているうちに最悪の結果を招いてしまった」

「違うだろ？　なにも決められないんじゃなくて、一瞬で、誰も傷つかない道を選択してるんだ。ゆんちは、いつもそうだよ。自分を犠牲にしても、まわりを優先する。それは優柔不断とは正反対の行動だと思う」

もう駄目だ。目尻が熱い。きっと玲児からも涙は見えてしまっている。

「……きみ、口がうますぎるよ」

諭すように、子供に言い聞かせるように、玲児は語りつづける。

「ゆんちはいつもまっすぐで、清らかだった。高校の時から、ずっとだ」

恥ずかしくなってしまった。真顔で言うからよけいだ。

「おれは、まっすぐでも、清らかでもないよ。かいかぶりすぎだ」

「かいかぶりでも、なんでもいいんだよ。俺が生涯一度だけ惚れた相手なんだから、俺にはそう見えてるんだよ」

うつむいて恥ずかしさに耐えた。

「店内だ、馬鹿」

「いいだろ? 言わせろよ。ずっと言いたかったことなんだから」

うつむくと、涙は堪えようもなく落ちてしまった。紙ナプキンに手を伸ばし、あわてて目を押さえる。

「おまえが弟のことを恨んでないことも、彼女のことを恨んでないことも、……ほかのやつらにはわからなくても、俺だけにはわかるよ」

「そうだな。きみだけはわかってくれる」

「おまえはおまえなりに、みんなのことが好きだったんだ。だから今、一番傷ついてんのは……言ってくれればきちんと身を引いたのに、それをわかってくれてなかったってことだ。おまえ、彼女のことも、弟のことも、本気で怒ってないだろ?」

自分でも理解できていなかったごちゃごちゃの感情だ。それを人が言葉にしてくれることが、これほど嬉しいものだとは思わなかった。

悠一は空咳(からぜき)をして言い咎めた。

「……やめろ、って。まわりに人がいるんだぞ」

「おまえを傷つけるやつを、俺は許したくないけど、…おまえ自身は、もう許してるんだよな。――だったら、俺はなにも言わない。ただ、なにがあっても、俺は味方でいる。それだけは覚えておいてくれ」

込み上げてくるものを懸命に呑み込んだ。そこまで言ってくれる玲児に、やはり自分の気持ちを言いたかった。

「……怒れないよ。なにかする時、麻里奈ちゃんはいつも背中を押してくれたんだ。…ちょっと強引だったけど、…きみたちとすれ違った時だって、おれ一人だったら声もかけられなかった。そうしたら、きみとこうして語り合うこともできなかったし、………だから、無理だよ。ほんとに、怒れない。…楽しかったんだ、おれは。一時だけでも、ほんとだったら手に入らないような、…カノジョに振り回されて、カノジョの好きな場所に行って、っていう、普通の男の生活ができたから」

さらに言い募る。

「晃希のことだって、……無理だよ。あいつがどれだけ苦しんできたか、おれは間近で見てきてる。不器用なだけなんだ。根はいい子なんだ。いろいろ間違っちゃって、軌道修正がうまくできなくなってるだけで……」

言っているうちに、あとからあとから思いが溢れてくる。

——告解みたいだな。

だが、神父様や主に、ではなく、玲児にこそ聞いてほしかった。彼にだけはすべてを包み隠さず告げたかった。汚い気持ちも、なにもかもを。

「それに………おれ、たぶん、弟と麻里奈ちゃんが寝たって聞いて、内心ホッとしてる」

悠一は、自分の中にある、もっとも穢れた気持ちを吐き出した。

「………あの二人がよりを戻してくれたら、……おれは、彼女を抱かないで済む。……きみだけを想って、一生過ごすことができる、って、そう思ってしまったんだ」

言っておいて、自分で噎えてきた。

「な？　汚いやつだろ？　おれ、そんなこと考えちゃったんだよ」

「本当に汚いやつは、自分のこと汚いなんて言わないよ」

それに、と付け加えた。

「おまえがもし汚いやつだったとしても、俺の気持ちは変わらないし、そういうとこも含めて、全部好きだし、愛してるから」

きっぱりと言い切ってくれる玲児の言葉を聞いて、ようやく決心がついた。

「ちょっといいかな？　付き合ってもらって、電話をかけたいんだ。彼女に」

玲児は心配そうに訊いてくる。

「大丈夫か？」

「うん。きみがそばにいてくれれば、きちんと話せる。早くけりをつけてあげないと、彼女にも弟にも、可哀相なことになるから」

「ここじゃまずいな」

「そうだね。出ようか」


店を出て、そばの路地に入った。

ＬＩＮＥではなく直接話したほうがいいだろう。

数回鳴って、彼女は出た。

「もしもし？　麻里奈ちゃん？」

息を呑んだ気配があった。

『…………はい』

「もう家に着いた？」

『はい。着きました』

丁寧な話し方が、他人行儀だった。だから自分のしようとしていることが正しいのだとあらためてわかった。悠一は静かに切り出した。

「わかってると思うけど、きみとおれとは、結婚できない」

予想していたのか、すぐに返事があった。

『はい』

「怒ってるから、とかじゃないんだ。麻里奈ちゃん、本当はずっと晃希のことが忘れられなかったんだろう?」

本気で驚いたようだ。とっさに声も出なかったらしい。

おかしくなった。他人からはすぐにわかることなのに。

「自分でもわかってなかった? おれと話す時と、晃希と話す時、麻里奈ちゃん、しゃべり方ぜんぜん違うんだよ? 晃希と話してるの聞いて、やっとわかった。麻里奈ちゃん、おれの前ではいつもお芝居してるみたいだった。でも、晃希とは素のままで話すよね? 晃希といる時が、本当の麻里奈ちゃんだよね?」

『それは……だって……』

「いいんだよ。怒ってるわけじゃない。気づいてたけど、…おれのほうも、女の子に慣れてなかったから、そんなものなのかと思ってた。でも、違うんだ。お芝居しながらだったら、結婚生活は成り立たないよ?」

背後から怒鳴り声がした。

麻里奈っ？　どうしたんだよっ？　誰からだっ？

ああ、やっぱりそばに晃希がいるんだ。あんなふうにこちらには言っても、麻里奈は晃希とともに帰った。部屋にも当然のことのように入れたのだろう。

憎しみ合っているんじゃない。喧嘩ばかりしているようでも、あの二人はお互いを支え合っているんだ。

声が出ないような麻里奈に告げた。

「ちょっと、晃希に代わって？　うしろにいるんでしょ？」

すぐに晃希の声が飛び出してきた。

『もしもしっ？　てめえ誰だよっ？　麻里奈になに言ったっ？』

ひと呼吸置いて、返事をした。

「おれだよ」

さすがに黙った。悠一は、淡々と告げた。

「今、麻里奈ちゃんに言った。おれと麻里奈ちゃんは結婚できない」

『そりゃあ…』

小馬鹿にしたような返事を押しとどめるようにつづけた。

「そうじゃない。弟と寝たからって意味じゃない。麻里奈ちゃんが本当に好きなのは、おれじゃないからだ」

『えっ？』

「責任とれ。男なら。――わかってなかったのか？　麻里奈ちゃんが好きなのは、おまえだよ」

　たぶん驚いて振り返っているのだろう。電話のむこうの情景が見えるようだった。

　二人、言葉もなく見つめ合っている。

「おまえだって、麻里奈ちゃんが好きだから、無理やり襲ったりしたんだろ？　おれに渡したくないから、今朝も威嚇しに来たんだろ？」

『好きだよ！　好きに決まってんじゃねぇか！』

　即答だった。笑いが出た。

「それ、麻里奈ちゃんに言ったことあるか？」

　また長い間が空いた。たぶんまた振り返り、彼女の顔を見つめているのだと思った。

　呆れ気分で言ってやった。

「おまえな、…自分の気持ちを言わずに、相手だけを責めてもしょうがないだろ？　おまえ、ひどい人生、歩んできたんだぞ？　それでもおまえを忘れられなくて、麻里奈ちゃん、わざわざ兄であるおれに近づいてきたんだろ？」

　そうなのか……？

　尋ねる声が聞こえた。らしくないほど、おどおどとした声だった。

麻里奈の返事は聞こえなかった。

うなずいているのか、首を横に振っているのか。

それでも、目を見れば晃希にもわかっただろう。人は、瞳の中の恋情は隠せない。

数分経ってから電話から聞こえてきたのは、狼狽しきったような晃希の声だった。

『…………兄貴……』

「わかっただろ？　おれの言ったこと、嘘じゃなかっただろ？」

『だけど……』

「だけど、じゃない。おまえが決心しなければ、ずっとこのままだぞ？　おれとの結婚は取りやめても、またほかの誰かが麻里奈ちゃんと付き合って、攫（さら）ってくぞ？　おまえはそれでいいのか？」

『……嫌だ』

幼い頃の晃希と話しているようだった。いつもふてくされたような顔で人をねめつける。それでも、兄である自分の言葉だけは渋々でも聞いてくれる子だった。

「麻里奈ちゃん、大事にしろ。彼女は、普通の女の子なんだ。アバズレとか、淫乱とか、思ってもいないこと言って、追い詰めるのはやめろ。麻里奈ちゃんは、白馬の牽いた馬車で教会に行って、結婚式をしたいって、そう言ったんだ。そういうこと、わかってやれ」

あざ笑うような声が聞こえたので、重ねて言う。

「馬鹿にするんじゃない。女の子のかわいい夢だ。それを馬鹿にするようなら、麻里奈ちゃんとはうまくいかない」

悠一は説教臭くつづけた。

「今年の六月だ。式の予定は。二人で話し合え。それで、おまえたちが結婚したいというなら、おれは式場の予約を譲るから。おまえが、麻里奈ちゃんといっしょに馬車に乗って、おまえが彼女と式を挙げろ」

息を呑んだ気配がした。

『兄貴は、……それでいいのか……?』

「いいもなにも、麻里奈ちゃんはおれを本気で好きだったわけじゃない。好きじゃない男と結婚しても、彼女は幸せにはなれないよ」

麻里奈だけを悪者にしてはいけないと、真実も口にした。

「それに……おれにも好きな人がいる。だから、……おあいこだって、言ってくれ。自分を責めないでくれって」

『なんだよ、それっ! 麻里奈がいながら、兄貴、浮気してやがったのかっ?』

本気で噴き出してしまった。

「おまえなぁ、…麻里奈ちゃんを傷つける人間がいたら、そうやって脊髄反射的に攻撃仕掛けるくせに、自分はなにやってるんだ? もっと彼女を大事にしてやれよ。好きだって、忘れられなかったからって、本心を言ってやれ。――浮気は、してないよ。できるような相手じゃなかったからな。ただ、好きなだけだ」

晃希はまだぶつぶつ言っている。

『それでも、麻里奈と付き合ってたくせに…』

「付き合う前からだよ。好きになったのは、もっと昔。それに、俺と麻里奈ちゃんは、付き合ったっていっても、ほとんど接点はなかったし…」

男としてあまりに恥ずかしい話だが、真実を語った。

「本当のことを言うと、SEXをしてないどころじゃない。キスもしてないんだよ。一回もね」

驚きの声が聞こえた。

「いい機会だから、言うけどな、……おれは、母さんと、父さん以外の人との子だ。父さんと血が繋がっていないのは、おまえじゃない。おれのほうだ」

その話にもそうとう驚いたようだ。

『………まじ、かよ……』

「ごめんな。母さんが黙っててくれっていうから、言えなかった。戸籍上は父さんの子として記載されてるから、……でも、そんなこと律儀に聞かずに、おまえに言っておいてやればよかったと、後悔してる。それから、……これも言っておく。おれは、おまえにもずっと謝りたかった。父さんと母さんの教育はおかしかった。おまえに対して厳しすぎた。でも、…父さんとしては、自分の子をしっかり育て上げたかっただけなんだ。それだけおまえがかわいかったんだ。わかってやってくれ。……あと、子供の頃、うまく庇ってやれなくて、ごめんな」

電話を切って、しばらく呆けていた。

——終わったな。

これでいい。全部やり終えた。ようやく胸のつかえが取れた気分だった。

玲児は無言でそばにいてくれた。少しだけ甘えたくなった。

「よくやった、って……言ってくれよ」

せがんだ言葉は言ってくれなかった。かわりに玲児が言った言葉は、

「………ちょっとだけ、……さわっていいか?」

「うん」

玲児はおずおずと手を差し伸べ、一瞬だけ、手を握ってきた。

電気が走ったようだった。玲児の手は冷たかった。拳を握り締めるように、悠一の話を聞いていたから、そのせいだろう。

「わかってんだろ、ゆんち? ほんとは、……抱き締めたい。キスしたい。……抱いちま

いたい」

くすっ、と、こんな時なのに笑ってしまった。

「なんだよ……？」

「おれも、だよ」

「……え？」

「ずっと、きみに抱かれたかった」

玲児はうなだれた。手を放し、首を振る。

言いたいことがあるようなのに、言葉にはできない様子だ。

悠一もそうだった。激しい虚脱感で、息を吐くしかなかった。

10

それからの月日は、驚くような速さで流れていった。

桜が咲き、葉桜になる頃、連絡が入った。

晃希と麻里奈は素直に気持ちを打ち明け合ったようだ。結婚することになったと、二人泣きながら電話をしてきた。

ごめんと泣きつづける晃希に、

「いいから。幸せになれ」

とだけ告げた。

好きな者同士いっしょにいられるなら、それが一番いい。自分と玲児の恋は成就しなくても、まわりの人間だけは、恋する人と幸せに暮らしてほしい。

六月の結婚式には悠一も出た。

純白のウェディングドレスを身にまとった麻里奈は美しかった。

自分のそばにいる時よりも、もっと、数倍、綺麗だと思った。

白馬の牽く馬車から降りて、二人は深々と悠一にお辞儀をした。笑って、うなずいてやった。満足感が胸一杯に広がった。

天からの祝福のように、いい天気の一日だった。


その間も、玲児との金曜の逢瀬はつづけていた。

翌週の金曜日も、いつものダイニングバーへと向かった。

「弟たちの結婚式、無事に終わったよ」

カウンターの横に座る玲児に報告する。

玲児は感心したように言った。

「頭が下がるよ。すごいよな、おまえは」

「すごくは、ないよ。一番正しいと思った道だから。おれがいつまでも根に持っていたら、弟と彼女が幸せになれないし。二人が不幸だったら、おれも幸せじゃないし」

玲児は溜息をついた。

「……そっか」

「うん。いい結婚式だったよ。二人がしっかり両親に事情説明してくれたから、どちらの親も普通に祝福してくれてね。本当に、よかった。肩の荷が下りた気分だ。——晃希も、しっかり生きていくって誓ってくれたし、なにもかもうまくいったよ」

玲児はうなずくだけで、ジントニックを飲んでいる。こちらのほうに視線をよこすこともしない。

いつもと様子が違うのに気づいた。話がまったく弾まない。

今日だけではなかった。しばらく前から玲児の様子はおかしかった。

わかってはいたが、訊けなかった。

四月から織音君は幼稚園に入った。

典代さんは、流水のお父さんの選挙事務所で手伝いを始めたらしい。

再会した時は真冬のクリスマス前だったが、あれから半年以上経った。今はもう初夏だ。

状況は刻々と変化している。

自分たちもまた、いつまでもぬるま湯に浸かったような幸せを享受していられないかもしれない。そう思っていた矢先だった。

「なぁ」

「うん？」

唐突に、玲児は尋ねてきた。

「いっしょに死ぬか？」

放り出すような、投げやりな問いかけだった。

意味を深く考える間もなく、とっさにうなずいてしまっていた。

すぐ我に返り、

「馬鹿なこと言うなよ!」

玲児は薄く笑った。

「本気にしたか?」

昏(くら)い笑いを浮かべているから、本気だったとわかる。わかってはいたが、否定するしかない。

「しないよ。きみには、奥さんも子供もいる。死ぬわけにはいかないだろ」

玲児は冷たく言い返してきた。

「おまえには、もういない」

痛いところを衝かれてしまった。悠一は、口を噤(つぐ)んだ。

少し腹が立ってきた。

「なにを言いたいわけ? 今日のきみ、おかしいよ」

玲児はカウンターテーブルにつっぷした。苦いものでも吐き出すように、言葉を吐いた。

「もう…………俺は無理だ」

なにが、とは訊けなかった。悠一ももう耐えきれそうもなかったからだ。

双方に相手がいる。その鎖でかろうじて抑えきれていた想いが、片方の鎖がなくなってしまった。悠一はもう誰にも縛られてはいない。

自分たちの気持ちに歯止めがきかなくなるかもしれないと、それを悠一は恐れていた。

「……どうしても、……どうしても、おまえとの生活を夢見てしまうんだ。朝起きて、部屋の中におまえがいない。……毎朝、悪夢みたいな気がする。夜、寝る時にも、おまえはいない。金曜日、ここで会って帰る時、いつもいつも、運命を呪いたくなる。どうして別々の家に帰らなきゃなんないんだろう、って。…なんで俺は、おまえのいないところで生活しなきゃなんないんだろうって……これは悪夢なんだって、本当の俺は、北海道で、おまえといっしょに牛飼って暮らしてるんじゃないか、って………気が狂いそうになる」

絶句した。

玲児の語る姿、それはそのまま悠一の現在の姿だったからだ。

「おまえが苦しんでいる時に、そばにいられないのがつらい。人目を忍んで、こそこそ会うのが……おまえにこんなことをさせているのが、苦しい。おまえは、きっと一生俺だけを想っていてくれる。わかっているから、…日陰の身で一生終えさせるのが想像できるから、…つらくてたまらない」

弱音など吐いたことのない男が、両手で顔を覆い、苦し気な告白をつづける。

「それだけじゃなくて、……いつか……典代と織音を悪者にしてしまいそうで、………それが、俺は、一番……怖い」

どこまでもまっすぐな男だ。

お母さんが夫の浮気で苦しんできた。最後は自死を選んだ。それは子供だった玲児に凄まじい傷として残ってしまっている。

奥さんと子供を裏切るということは、玲児にとっては『母を裏切った父と同様の罪』なのだ。

玲児は、織音君の話をよくした。字が書けるようになったんだぜ。今度幼稚園に入るんだ、などなど——ほほえましい話ばかりで、聞いていて飽きなかった。玲児も嬉しそうに語ったので、幸福のおすそ分けをしてもらっているような気になった。

——ついに、だな。

覚悟は決めていた。いつかはその日が来るのだと。

だから悠一は、かねてから用意してあった言葉を冷静に告げた。

「おれたち、もう会わないほうがいいね」

玲児は、はっとしたように顔を上げた。

横を見ると視線が合った。

絶望と虚無とあきらめ。すべてを含んだ色が、そこにはあった。

「…………ああ」

玲児は呆けたような表情で、虚ろに応える。

「大丈夫？　おれは、なんとか生きていくけど、きみは普通の生活に戻れる？」

玲児の顔が見る見る歪む。

カウンターに肘をつき、片手で目を押さえるようにして、言った。

「……いや。無理だ」

「どうする？」

「典代に、全部言う。言って、離婚してもらう」

悠一は嘆息した。ああ、そうなのか、と思った。

いつか悪者にしてしまう、ではなく、もうすでにそういうことを考えてしまったのかもしれない。たとえ、一瞬であったとしても。

そんな自分を、玲児はぜったい許せない。

ほかの人間を想っていながら、典代さんとの結婚生活をつづけることはできない。そして、典代さんを裏切ってまで、悠一と暮らすことも選べない。

苦渋の選択だ。せめて悠一にできるのは、醜い愁嘆場を演じずに、微笑んで身を引くことだけだ。

それが、自分などを想ってくれた玲児にできる、最後の感謝だと思った。

「じゃあ、会うのは今日で最後？」

「そうだな」

悠一はスツールを降りた。金だけをカウンターに置く。

不思議と感情は動かなかった。

――いっしょに死なないか、って訊いてくれたんだよな。

そんなことができるなら。玲児と二人で黄泉路(よみじ)を辿れるならば、笑って死んでいかれるのに。

「悠一」

「うん?」

呼ばれて、振り返る。

「俺のことは、忘れてくれ。忘れて、誰かほかの人間と幸せになってくれ」

淀みなく、台詞でも吐くように淡々と言ったくせに、瞳が裏切っている。自分に対するせつないまでの愛情が溢れている。

だから今の言葉は、玲児の最後の優しさだと思った。

できるわけがないことくらい、わかっているくせに、と返してやろうかと思ったが、悠一もまた同じことを告げていた。

「うん。きみもね。おれのことは忘れてほしい」

玲児の唇も、声には出さずになにかつぶやいた。

できるわけがないけどな。

読み取れてしまったことが、悲しかった。


泣かずにいられる自分が信じられなかった。

心にぽっかりと穴が空いたようだった。

かろうじて顔を取り繕い、なんとか手足は動かした。アパートへ戻り、普通に風呂に入り、就寝支度をする。

目の前が霞(かす)む。見えているはずなのに、すべてのものに一枚膜が張っているように朧気(おぼろげ)にしか見えない。

——覚悟してたはずなのに、ちっともできてなかったじゃないか。

痛みすら感じない。痛すぎる時には、こんなふうになってしまうのかもしれない。

「……玲児……」

きみは、どう?

痛がっていない？　苦しがっていない？

最後に、愛してるって言えばよかった。

離れても、きみだけを生涯想いつづけるよ、と。

だが、言わなくてよかった、とも思った。

ここしばらくとても幸せだったから。…いや、彼と出会えてから、ずっと幸せだったから。痛みも苦しみも、全部自分が引き受ける。だから、本当のことを言ったら、離婚はしてもらいたくなかった。

玲児は典代さんと織音君をとても愛している。

――おれが現れなければよかったんだ。

そうすれば流水家に波風を立てずに済んだ。不思議な関係でも、玲児と典代さんはそれなりにうまくやっていかれた。

ぼんやりとしたまま、寝たのか寝なかったのかもわからない状態で、朦朧と部屋の真ん中に座り込んでいた。

電話が鳴った。

カーテンのむこうが明るかった。そこでようやく昼間なのに気づいた。

発信番号を見た。

……っ?

見間違いかと思った。何度も見たが、間違いなかった。玲児の番号だ。

動悸(どうき)が激しくなった。自分たちは金曜日に別れたはずだ。本人からではないかもしれない。

とにかく鳴りやむ前に、震える手で『応答』を押す。

「もし、もし…？」

聞こえてきたのは、ちゃんと玲児の声だった。

玲児は固い声で言った。

『典代が……おまえに会いたいって』

血の気が引いた。玲児の動揺がこちらまで伝わってくる。

「……全部、話したの？」

『ああ。初恋の相手と会えた、と言った。だから別れてほしいって。…おまえの名前は言ってない』

「それで……」

典代さんは、怒っているの？　どんな感じなの？

つづく質問は口から出てくれなかった。

典代さんに説明しなければいけないと思った。

自分たちは会って、一、二時間、酒を飲んでいただけだ。唇も触れ合わせていない。それだけでも言い訳しようと思った。

玲児たちはまだやり直せる。自分と麻里奈は終わってしまったが、流水夫妻はまだ別れていない。

玲児は暗い声で尋ねてくる。

『来週の金曜、ホテルに来られるか？　典代が、都内の、行きつけのところを指定してきた。人けのないところで話がしたいらしい』

「もちろん、行くよ」

典代さんにわかってもらわなければいけない。

悪いのは玲児ではなく、玲児の好意にすがりついてしまった自分なのだと。

11

指定されたホテルは、悠一でも知っているほど有名な超高級ホテルだった。普段では足を踏み入れることさえない場所だ。

エントランスでは、玲児が待っていた。悠一を認めるなり、急ぎ足で近寄ってきた。

「悠一……」

名前だけ呼ぶと、黙り込む。数日で窶(やつ)れてしまったようだ。顔色も悪い。ろくに寝ていないのかもしれない。

玲児はスーツケースを引いていた。家を出る覚悟なのが察せられた。

「とにかく、説明しよう。そうするしかないんだから」

「悪いな。俺がうまく説得できなかったから、…おまえにまで迷惑を……」

「迷惑なんかじゃないよ」

きみのためにすることなら、どんなことであっても迷惑じゃないし、典代さんの立場からしたら、説明を求めて当然だ。自分たちはするべきことをしなくてはいけない。

部屋は最上階のスイートルームだった。

エレベーターが停まった。靴が沈み込むような廊下の絨毯を踏んでいるだけで、身震いしそうだった。

――説明しても、わかってくれるかどうか。

普通なら信じられないだろう。ただ会っていただけ、なんて話は。

それに奥さんからしたら、普通の浮気でも許せないのに、同性相手など、とうてい許せるはずもない。

玲児がノックすると、しばらくしてドアが開いた。

玲児のうしろで身をすくませている悠一に視線を流し、典代さんは、薄く笑った。

「ああ。やっぱり、あなただったのね」

その場に凍りついてしまいそうだったが、とにかく深く頭を下げた。

「中に入って?」

招き入れられても、悠一も玲児も棒のように立ちすくむだけだ。

「なんて顔してるの、二人とも。座ってよ。立ってられちゃ話にならないわ」

言われて、横の玲児にそっと視線を流した。血の気の引いた顔だった。たぶん自分も真っ青だろう。

ソファーに腰を下ろすなり、

「あのっ…」

意を決して話し出そうとした悠一を、典代さんは一瞥だけで止めた。

「いいわ。言い訳は。身体の関係はない。そうでしょう?」

あまりに強い言葉だ。うなずくしかなかった。

「見てればわかるわよ。そんなことくらい」

典代さんは脚を組んで、バッグから煙草を取り出し、イライラとした様子で火を点けた。シャンパンゴールドのタイトなワンピース。スカートから伸びるすんなりとした脚。赤いハイヒール。赤い唇。指の先の煙草から上がる紫煙。

映画のワンシーンのように綺麗だった。そんな人の前でうなだれている自分が、ひどくみっともないような気がした。

「それで? なに? 私と別れて、その坊やといっしょになるわけ?」

「いや」

玲児はきっぱりと言い切った。

「いっしょには、ならない」

こちらに視線を流し、つづけた。

「こいつとも話し合ってる。俺たちは、もう会わない」

「なぜ?」

普段は煙草を吸わない人なのが、よくわかる。わざとらしいくらい大きく煙を吐き出すので、心を落ち着けるためだけに吸っているのだと思った。

ほとんど吸っていないのに、典代さんはテーブルに手を伸ばし、灰皿で煙草を揉み消した。

またバッグを探り、ぞんざいな態度で一通の封筒を玲児に差し出した。

「ほら」

玲児は身を乗り出し、受け取り——封筒を開けて、絶句した。

横で見ていた悠一もまた、言葉を失った。

入っていたのは離婚届だった。

「とっくに用意してあるわよ。署名済み。それと、」

次は鍵だった。受け取った玲児は怪訝そうに尋ねる。

「……これは……?」

「説明する前に、本当のことを話して? 全部よ。そうじゃなきゃ、こっちも動きがとれないから」

心臓が痛かった。玲児がどういうふうに話すのか、息を詰めて見守った。

玲児は、ゆっくり、言葉を吐いた。

「こいつを愛してる」

あまりに直球な物言いに、悠一のほうが怖くなってしまった。そんな言い方をしなくても、と止めたかったが、夫婦の会話に入ってはいけない気がして、懸命に唇を噛み締めて、堪えた。

「残りの人生は、こいつだけを想って生きていきたい」

「残りの人生って、……あなた、まだ二十代じゃないの」

玲児は黙っている。典代さんは鼻で嗤った。

「それでも、そういう言い方になるわけね。あなたにとっては、つらいだけの半生だったわけね」

「そんなことは……ない」

「それで？　そこまで言い切るくせに、身体の関係も持たなかった、これから先もいっしょにはならないって、どういうわけ？　私に義理立てしてるわけ？　私に、愛し合ってる二人を別れされる厭な女の役目をさせようっていうわけ？」

「そういうわけじゃない！」

「じゃあ、どうして普通に浮気しなかったのよ？　私のほうには、きちんと恋人がいる。大沢のことは隠していないでしょう？」

その質問に、思わず横から口を出してしまった。

「できません」

典代さんの視線が悠一に向く。怯む思いはあったが、つづける。

「人を裏切って結ばれても、幸せにはなれません。おれには、当時婚約者がいたし、玲児君には、あなたと、息子さんがいた。裏切ったら、自分たちが自分たちを許せない」

玲児があとを継いだ。

「それに、俺んちの事情は、おまえも知ってるだろ？　俺は、女房を裏切る男を見つづけてきたんだ。あいつと同じことだけは、したくなかった。織音も、…俺と同じ目には遭わせたくなかった」

ふうっと大きく息を吐き、典代さんは片眉を上げて言った。

「ひとつ嫌がらせを言ってあげる。——女はね、身体の関係だけなら我慢できるのよ。でも、プラトニックな愛情は、許せないの。どうしてもね」

言葉など出てはこなかった。

身体を重ねないことは、自分たちにとっては最大限の誠意だったが、相手からしたらそういう見方になるのだろう。

あらためて自分たちの罪深さに打ちのめされた。

「今は綺麗な夢ばかり見ていても、現実に生活をして、いっしょに暮らせば、嫌なところも見えてくるのよ？」

「俺は、おまえと織音に対して、嫌だと思ったことなんか一度もない」

ふうっ、と溜息をつき、

「わかってるわよ。あなたはいい夫だったわ。織音にとっては、すごくいい父親だった。…うちの親からしても、最高の娘婿だったはずだわ」

そこで。

ふいに、典代さんは弾かれたように笑い出したのだ。

──なにっ？　え？　どうしたの？

困惑して、玲児と二人唖然として典代さんを見つめてしまった。だが典代さんは、手まで叩いて、けらけらと笑っている。

「やだ、もう！　あなたたちが神妙な顔してるから、こっちまで臭いお芝居しちゃったじゃないの！」

玲児も悠一もぽかんとするしかない。

「どういうことだよ、典代……」

「おもしろがっちゃいけないけど、…ほんとは、待ってたわ、ずっと。あなたの初恋の人が現れてくれるのを」

典代さんは、まだ喉の奥でくつくつ笑っている。

「玲児。あなた、大事なこと忘れてるでしょう？」

「なにが」

「私は、あなたのお母さんとは違うわよ?」

ぎくりとしたように玲児は固まる。

「おばさまは、逃げられなかったのよ。おじさまと、まわりの連中から。――おじさまはズルイ人だから、浮気ばっかり繰り返してても、おばさまを手放したら、おばさまの実家からの援助が受けられなくなるから、あれこれ脅して、おばさまを家に縛りつけたのよ」

尋ね返す玲児の声は唸(うな)りのようだった。

「……なんでおまえはそんなこと知ってるんだよ」

「それも忘れちゃってるの? 私、あなたより五歳上なのよ? おばさまは、本当の娘のようにかわいがってくださって、誰にも話せないことも、私にだけは話してくださったわ。――それも、そのひとつ」

綺麗にネイルアートが施された指で、鍵を指差す。

玲児はふたたび怪訝そうに尋ねた。

「これ、どこの鍵なんだ?」

「貸し金庫。銀行のね。本当は、私、知ってたのよ。おばさまが自死なさるのを。でも止めなかった。私もまだ十代だったし、…止めてもしかたないのもわかってたから」

玲児は手の中の鍵をじっと凝視している。

「あと、おばさまからの言づてよ。やっと伝えられるわ。――本当に好きな人ができたら、流水の家から逃げなさい玲児、って。自分は逃げられなかったけど、子供たちだけは逃がしてあげたい、あの家の犠牲にはさせたくないって。おばさまにとっては、あなただけじゃなくて、私も、かわいい娘だって言ってくださったわ」

衝撃的すぎる話に、玲児は声も出なかった。こんな展開は予想外だった。

悠一も動悸が抑えられなかった。こんな様子だ。

典代さんだけが語りつづける。

「お金、入ってるのよ。私とあなたで分けて、二人とも幸せになりなさいって」

そこで指を二本立ててみせた。

「これだけ入ってるわ。どこへでも行かれるわよ」

「……二千……」

「まさか。流水のおばさまが、わざわざそんなはした金を秘密で残すわけないでしょ？二億よ、二億」

玲児と二人、茫然として聞いていた。

――玲児のお母さんが……？

典代さんは、また煙草に火を点けた。今度はおいしそうに紫煙をくゆらせてから、ふたたび話し出した。

「もう、解放されなさいよ、玲児」

玲児は応えない。

「おばさまが亡くなったのは、あなたのせいじゃないし、あなたがおじさまを憎んでも、どうなるもんでもないわ。もう全部終わっちゃったことだし。私たちは、やるべきことはやったわよ。あとは、私たちを待っててくれた人と、残りの人生やり直しましょうよ。私は大沢と、あなたは、そこの坊やと、ね」

「だが……」

「本当に、大沢にはずいぶん待ってもらったわ。あんな仕事までして私のそばにいてくれたし、一族の話もわかって、ほかの男の子を産むのも理解してくれた。——もうこれ以上彼を待たせたくないの。私だって、大沢しか愛してないわ。次は、きちんと大沢の子を産んであげたいのよ」

悠一は軽く頭を振った。展開が早すぎて、頭に沁み込んでこない。

それでも食いつくように尋ねていた。

「でも、織音君は？　彼は、玲児君との子なんですよね？」

「大沢と育てるわ」

「大沢さんも、玲児君のお父さんも、親族の人たちも、それで納得してくれるんですか？　問題ないんですか？　……玲児君は、そういうことも心配してたと思うんです。だから

「……」

押さえつけるように典代さんは言った。

「いい？　坊や、あの連中はね。自分のことしか考えてないのよ。あなたみたいに健全な思考回路の人間には理解できないかもしれないけど、流水清吉も、今は自分が総理大臣になることしか頭にないの。ただ自分の作ったものを他人にくれてやるのが惜しいだけなの。だったらせめて自分と血の繋がった人間に、ってことなのよ。つまり、玲児が駄目なら、ほかの妾の子でも、もちろん織音でもぜんぜんかまわないのよ」

ぞっとした。心底。

玲児から聞いて、わかったつもりでいた。だが、そこまでおぞましい家庭事情だとは思ってもいなかった。

横目で玲児を見ると、やはり唇を噛み締めていた。

「あんなやつらに義理立てしてやる必要はないわ。こっちも利用できるかぎり利用してやるわ」

「どうするつもりだ？」

玲児の質問に、典代さんは片眉を上げて、ニッと笑った。

「さあ……どうしようかしらね？　妾の子が何人いようが、いちおうは正嫡の子、正嫡の孫だもの。織音の血が一番濃いの。おばさまの実家の援助も、織音なら受けられる。流水清吉が政界を退いたら、その地盤は全部受け継げるわ。織音が大きくなったら、好きな道を選ばせる。――うまく言いくるめて、大沢をおじさまの養子に入れて、私たちが正式な夫婦になってもいいし、…駄目そうなら、おばさまのお金を使わせてもらって、私たちもどこかに高跳びする。切り札はこっちが握ってるのよ。やつらじゃないわ」

玲児の目の焦点が合っていなかった。

あっけにとられているのか、思ってもいなかった解放の道を示されて、脱力してしまっているのか。

典代さんは言った。その声は、思いやり深い姉のものだった。

「――玲児。もういいわよ。おばさまもわかってくださるわ。私たちは自由に生きましょうよ。家にも、もう帰らなくていいわ。…というか、帰って、おじさまに説明したら、間違いなく力ずくで止めてくるはずだから、このまま逃げなさい。あなたもそのつもりで、支度してきたんでしょう?」

「……ああ」

「そのかわり、どこへ行くことにしても、私には連絡先を教えて? 荷物もきちんとそこに送ってあげる。私も、あなたにだけは連絡するから」

玲児は視線を落とし、唇を噛み締めてうなずいた。

「……わかった」

「だけど、織音には、もう会わせられなくなるわ。まだ子供だから、大沢に育てられれば、本当の父親がいたなんてことも、忘れてしまうかもしれないけど。…でも、大人になったら、訊いてみるから。その時、あなたに会いたくないって言ったら、……それは、ごめんなさい、だわね」

言うだけ言うと、典代さんはテーブルにカードキーを滑らせてよこした。

「ほら。今日はここに泊まっていきなさいよ。そのために取ったんだから。長年の想い人と、好きなだけいちゃいちゃすれば？」

立ち上がり、ドアに向かいかけた典代さんに、玲児があわてたように声をかけた。

「織音に！　……いや、大沢に………」

振り返った典代さんは、微笑んでいた。

「いいのよ。わかってる。ちゃんと伝えておくわ」


二人とも無言だった。

なにか言えるような状態ではなかった。

それでも、言うべきなのは自分だと思った。言葉を選び、悠一は言った。

「優しい人だね」

「………ああ」

優しくて、かっこいい人だ。

そして、たぶん玲児をとても愛していた。

熱烈な愛ではなかったかもしれないが、姉のように、同志のように。

「典代のやつ、あんなにあっさり承諾しやがって……。俺たちがさんざん悩んできたっていうのに……」

悔しそうなふりをしてみせたが、あっさりではない。長く長く考えて、もっともよい道を選択してくれた。それが正解だと、玲児もわかっているだろう。

「いいの？　織音君と会えなくなっちゃうって……つらいよね」

「……つらくても、…つらいのが、俺一人なら、いい。それくらいの覚悟はしてた。……大人の都合で子供を振り回しちゃいけないんだ。大沢がしっかり織音の父親になってくれるなら、…典代の言うとおり、俺は、いない存在になったほうがいい」

玲児の失うものの大きさに、胸が詰まる。

それでも玲児は、悠一を選んでくれたのだ。その愛情をきちんと受け止めなければいけない。

ベッドに腰を下ろし、玲児は自嘲的に笑ってみせた。

「典代に、いいとこ全部持ってかれた。……みっともないとこ、見せたな」

「みっともなくなんかないよ。きみが前に言ってくれた言葉、そのままお返しに言ってあげる。本当にみっともない人は、自分のこと、みっともないなんて言わないし、もしきみがみっともない人でも、そういうところも全部含めて、おれはきみのことが好きだよ」

悠一も、おずおずと、ではあるが玲児の横に腰を下ろした。

玲児は眉を顰めて、嫌そうな顔をした。

「…………バカ。わかってんのか？　今、そばに寄ったらヤバいぞ、俺」

声が昂りを孕(はら)んでいた。気づいて、悠一の身体も熱くなる。

こんなにすぐに、とも思ったが、どちらも長く堪えすぎた。

悠一は恐る恐る尋ねた。

「まだ……気持ち、抑えなきゃ駄目、かな……？」

ぐらりと視界が回った。ベッドに押し倒されているのだと気づく前に、唇が降ってきた。

「……………んっ」

熱い唇だ。想いの丈を込めたような、深いくちづけ。

――ああ……玲児の唇だ……。

あの時と同じなのか違うのか。記憶の中のくちづけは、ほんの一瞬だったので、感触も熱さも覚えてはいない。

角度を変えて、幾度も幾度も、玲児はくちづける。獣に嚙みつかれているような激しいキスだ。

いったん唇を離して、玲児は瞳を覗き込んでくる。

怯えたような色が浮かんでいた。おかしくなった。嫌がるはずなんかないのに。

手を伸ばし、玲児の頭を引き寄せて、二度目のキスをねだった。

——堪えてたのは、おれもいっしょだよ。

きみに触れたかった。唇を重ねたかった。

眦が熱かった。自分が泣いているのだとわかった。許されたのだという想いが、徐々に心に湧いてくる。

もう気持ちを抑えなくてもいいのだ。

自分たちは許された。縛られていた鎖は、どちらも切れた。

口の中に涙の味が広がった。自分の涙なのか、玲児の涙なのか。

「………いいのか……？」

「うん」

「頭の中がぐちゃぐちゃだ。考えなきゃいけないこともたくさんあるのに、……今は、おまえに触れられたことが嬉しくて、……おかしくなりそうだ」

「うん。おれもだよ。……きみ、思ったよりがっしりしてるんだね」

玲児は照れ臭そうな顔になった。

「おまえは、…見た目より、華奢だな。圧し潰しそうで怖いくらいだ」

「大丈夫だよ。いちおう男だし」

しかし、軽口はそこまでだった。

玲児はいったん起き直り、ベッドに座ったまま、両手で顔を覆って身を震わせている。もう息子とは会えなくなる。長く苦楽をともにした人とも別れなければいけない。さらに、亡き母からの遺言、……解放された喜びだけでは済まないさまざまな想いが、胸中で渦を巻いているのだろう。

お父さんのこともそうだ。いくら憎んでいたとはいえ、捨てて逃げなければいけない。情の深い玲児にとっては、できるなら選択したくなかった道だろう。

悠一も起き直り、正座した。言葉にならない感情に翻弄されているのは、悠一も同様だった。

両想いだと知ってからは、長い期間ではなかった。一年も経っていない。それでも長年の片想いの記憶が脳裡に蘇ってきて、どうしようもない。

――許されたんだ。おれたちは、自由なんだ。

もう人目も憚らなくていい。男同士でも、普通の恋人としていっしょにいられる。同じ家に住むこともできる。

喜びなどという簡単な言葉では言い表せない。胸が張り裂けてしまいそうな、恐怖に近いくらいの歓喜だ。

だが玲児にとっては、それだけではないのだ。彼の感じている想いを、悠一もまた痛いくらいに共有していた。

それは、みっともない、などと侮蔑するような感情ではなく、人としてとても正しい感情だと思った。玲児は、自分の子供や、長年助けてくれた人を簡単に切り捨てられる人間ではない。そういう彼だからこそ、愛した。

二人とも嗚咽を抑えきれなくなってしまった。

今は涙を流してもいい。涙が枯れるまで泣かなくては、前へ進めない。


三十分近くも泣いただろうか。

ふと視線を上げると、玲児と目が合った。

二人とも泣き腫らした目だったが、同時に照れ笑いを浮かべていた。

どちらからともなく、手を差し伸べていた。

おずおずと指先を触れ合い、指を絡める。

今までは許されなかった行為だ。じんわりと、指の熱さとともに実感が湧いてくる。

玲児は悠一の手を引き寄せ、そっと唇を寄せた。

大事な宝物にくちづけるように。この世でもっとも尊いものに触れるように。

「…………長かったな」

「うん。長かったね」

きっと玲児の脳裡にも、高校時代からの日々が蘇っているのだろう。

朝の牛舎掃除。自動販売機の外で、星を眺めながら語り合ったこと。

好きで好きで、そばにいるだけで胸がときめいて、どきどきする気持ちを押し隠しながら過ごした日々。

そして、あの菩提樹の下でのくちづけ——。

銀座で再会してからは、互いの相手を裏切るうしろめたさと、なのに会える喜びに翻弄された。幸せと同時の痛みに苦しんだ。

悠一は嘆息まじりでつぶやいていた。

「……きみとこんなふうになれる日が来るなんて、想像もしてなかった」

「ああ」

「ほんとにいいの？　なにも後悔してない？」

「してるわけないだろ」

ところで、と玲児は口調を変えた。

「ゆんち、やり方、知ってるか？」

精一杯おちゃらけて言おうとしたのだろうが、失敗していた。瞳の中のせつない色が裏切っていた。

「もう。色気ないなぁ。いちおうは知ってるよ」

「服、脱がせていいか……?」

びくっとしてしまった。玲児の声が熱くなり始めていた。急に羞恥心が湧いてきた。

「ダメ。そんなことされたら、…頭、おかしくなる。……いっしょに脱いでくれないと……」

玲児はわざとらしく舌打ちした。

「ったく。ほんと俺たち、中坊と変わらないいな。いい年して、なにやってんだろうな」

そう言いながら、Tシャツを脱いだ。あわてて悠一も脱ぐ。

そこでまた二人黙り込んでしまった。

同じベッドの上で、こんなふうに至近距離でいたことなどない。興奮してもしかたない。

玲児の視線が熱く肌を焼く。裸の上半身全体を舐めるように見つめて、首筋、乳首と流れていく。どこを見ているのかわかるくらいあからさまだ。

我慢できなくて視線をそらしてしまった。

「…………なんか、……ごめん。きみに見られるの、ほんとに恥ずかしい」

玲児は応えない。

うつむいていたので、玲児の股間の変化に気づいてしまった。

思わず手で口を押さえていた。

――うわ。……あんなに……。

服の上からでも、昂っているのがわかってしまう。

血が熱い。全身をぐるぐる回っているようだ。たぶん真っ赤になっているはずだ。

「もう、無理だぞ、俺は」

ふいに押し倒された。思わず抗議していた。

「だって、自分でっ」

「どれだけ待ったと思ってるんだっ？　高校の時からずっとだぞっ？」

荒々しい手が肌をまさぐる。玲児の興奮が嬉しくて、なのに身体の震えが収まらなくて、
幾度も唾を飲み込んだ。

人の身体というのは熱いのだと、悠一は初めて知った。

玲児の手は下半身に向かっている。

「あっ」

反射的に止めようとしたが、もうベルトまで行ってしまっていた。

「待って、だってて っ」

恥ずかしいから自分で脱ぐって言ったのに！　反論しようとしたところを、キスで口を

くる。

塞がれた。火が点いてしまった玲児はかなり強引だった。むちゃくちゃにキスを降らしてくる。

そうしているうちにも、かちゃり、と音がする。ベルトが外されているのだ。

次の瞬間、悠一は電流が走ったような衝撃で身を反らせていた。

「やっ……！」

するりっ、と予告なしに手が潜り込んできた。性器を握り込まれる羞恥と、人の手が与える生々しい快感で、悠一は悲鳴を上げていた。

「駄目っ、…や、だって、……」

なに、これ？　視界がぼやける。生まれて初めて人に性器をさわられた。それもさわっているのは、長年想いを寄せていた流水玲児だ。

「……こわい……。やだ、こわい……」

口をついて本音が溢れていた。女の子のような甘えた声が出て恥ずかしかったが、堪えきれない。必死に首を振って拒もうとした。そういえばシャワーも浴びていないじゃないか。洗ってもいない場所を触れさせてしまったなんて、どうして最初に止めなかったんだ！　と自分に怒りさえ湧いてくる。

それでも玲児は許してくれない。悠一のパンツを無理やり下ろし、自身のパンツも焦る動きで膝まで下ろす。そのまま身を倒してくる。

なにを？　と思う間もなく、やろうとしていることがわかった。

全身がカァッと熱くなった。

――玲児の………。

股間に感じる熱さと、大きさと、硬さ。

玲児は互いのペニスを触れ合わせているのだ！

気づいたとたんに目の前で火花が散った。

――恥ずかしいっ、恥ずかしいっ、恥ずかしいっ。

全身が火でくるまれたようだ。

「やめ、て……。まだ無理だ、…おれ、ずっときみのこと好きだったんだから、……ごめん、恥ずかしくて、死ぬ。ごめん、許して」

返ってきたのは、怒ったような低い声。

「無理だって言っただろ！」

「でもっ、でもっ……」

玲児の大事な場所と触れ合っていると考えるだけで、頭がおかしくなる。それなのに、気持ちよくて、全身がわなないてしまう。

玲児は少し腰を動かした。そうするとペニス同士が擦れる。どちらも激しく勃起している。ぞわぞわとした快感が背筋をせり上がってきた。

なんて言ったらいいのだろう。自分で慰めるのとは桁が違う。追い立て、追い詰められるような強い快感だ。

本気で悲鳴を上げていた。すぐに駆け上がってしまいそうだった。

「駄目！　ごめん、イッちゃう！　もうやめて、離れて！」

言い終わる前に、我慢できず射精してしまっていた。

びくっびくっと自分のペニスが跳ね上がったのがわかった。熱い迸りが腹に飛ぶ。

我に返ったとたん、どんっ、と玲児の肩を押し返していた。

「駄目だって言ったのに！　ごめんっ、きみも汚れちゃったんじゃ…」

見ると、――玲児は茫然としたような顔をしていた。

はは、と嗤う。

「………やっぱ、俺たち、ほんとの初心者だな」

どういうこと…？　と尋ねようとして、気づいた。

玲児もまた今の刺激で達していたのだ。ほんの少し触れ合っただけなのに。

二人同時に噴き出していた。玲児はわざとらしく睨んできた。

「笑うなよ。俺だって、長年の片想いの相手なんだぞ、おまえは。興奮して暴発したってしょうがないだろ？」

「そういうきみだって、笑ってるじゃない」

「……嬉しいからだよ。おまえと、こんなことできるのが、ほんとに、夢みたいだって思ってさ。嬉しくて、俺だって死んでしまいそうだよ」

唐突に、玲児は涙を流し始めた。はらはらと下の悠一にまで落ちてくるほどだった。それを見て、悠一もまた涙が溢れてきてしまった。

「もう！　泣くなよ、せっかく収まってたのに！」

どちらも感情の抑えがきかなくて、さっきから泣いたり笑ったり忙しい。

幸せが実感できるまで、いっしょにいられる喜びに慣れるまで、きっとまだしばらくはかかる。

——でも、玲児の言うとおりだな。

しょうがない。好きな相手とこんなふうにいられるのは、自分たちにとって夢のようなことなのだから。

12

その夜はホテルに一泊して、翌日の土曜から行動を開始した。

まずしなければいけないのは、玲児の携帯電話の解約と、新規で違う番号を契約すること。

契約は悠一の名前で行った。『流水玲児』の名はこれから先、一切使わないほうがいい。

「典代がうまく言いつくろってくれるから、たぶんおやじは、一か月くらいは俺がいないことに気づかないはずだ」

玲児がそう読んだので、その間にすべてを終えようという話になった。

捕まって流水家に連れ戻されてしまったら、せっかく典代さんが逃げる算段を立ててくれたことが無駄になってしまうからだ。

銀行の貸金庫には本当に二億の金が入っていた。

お母さんには心から感謝した。きっちり半分だけもらって、金庫の鍵は典代さん宛に郵送した。玲児の新たな携帯番号も書き添えた。

時間との勝負だ。長く東京をうろつけば、それだけ足がつく危険性が高まる。流水清吉は政界の大御所だ。警察や裏組織とも繫がりがある。動かれてしまったらおしまいだ。

だが、『池田悠二』が逃亡の片割れだとバレる可能性は低かった。人目を忍んで、都内以外で会っていたことが幸いした。探偵を雇ってもヤクザを使っても、自分たちの接点はまず見出(みいだ)せないだろう。

悠一は工場に辞表を出した。

いい会社だったし、働いている人たちもいい人ばかりだったが、玲児と行動をともにするためにはやむをえなかった。

弟には「好きな人と暮らせることになった」とだけ伝えた。

弟夫婦はとても喜んでくれた。

仕事の後処理をし、家財道具一式すべてを整理し、アパートを解約し、――やるべきことをすべて終え、ようやく飛行機のチケットを買えたのは、二週間後だった。

東京最後の夜は、空港に近い小さなビジネスホテルに宿を取った。

明日は本土から脱出できる。

めざす先は、もちろん北海道だ。

逃亡先が玲児のお父さんに割り出されるのではないかと危惧したが、北海道は広い。探し出せるものではないだろうということで話は決まった。

夕飯はコンビニで買ってきた弁当と、缶チューハイだ。そんな状況でも気分は晴れやかだった。希望で胸が膨らんでいた。

「むこうに着いたら、すぐに職と家探しだな。忙しくなるな」

悠一も玲児の言葉に同意した。

「そうだね。お母さんのお金は極力使わない方向で行きたいからね。早く生活を安定させなきゃね」

玲児は目を細めてこちらを見ている。

「やっぱ、ゆんちだな」

「なにが?」

くすっと笑う。

「ゆんちさ、前に、自分は優柔不断とか言っただろ? 本当に正反対だって思ってたよ。高校入ってきた時に、M学園の内部、すごい勢いで変えてったもんな。なんでもサクサク押し進めてさ。ここは悪い、ここは正しいって感じで、即断即決。…ここ二週間で、あの頃のゆんち、思い出したよ」

本気で戸惑った。

「おれ、そんなだった？　近頃も、そんなふうだった？」

　玲児は喉の奥で笑っている。

「一見おとなしそうなのに、いざとなるとものすごく的確に動くんだよ。学園では、みんなゆんちに一目置いてたよ。みんな、よくないと思ってることがあっても、自分が率先して変えていかなかった。なぁなぁでやってた。でもこの人間は違うんだなって思ったよ。ぜったい信念を曲げないで、正しい道を進むんだな、指導力ハンパねぇなって。だからゆんち、高一から寮長だったろ？　あれ、嫌がらせとかじゃなくて、みんな本気で選んだんだぜ？」

　顔から火を吹きそうだった。思わず、頬を手で押さえていた。

「うわ。なんかきみに褒められると、ほんとに恥ずかしい」

「今だから言うけど……俺は、ゆんちに出会って、救われたよ。いつも進むべき道を指し示してくれたのは、ゆんちだった。それまでは、けっこうやさぐれてたんだよ、俺。自分の生い立ちを哀れんでさ。自分ほど不幸な人間はこの世にいねぇなんて、本気で思ってた」

　玲児は椅子から立ち上がり、おもむろに悠一を抱き上げた。お姫様だっこというやつだ。

「わっ、ちょっと……なに？　えっ？」

　ベッドまで運ぶと、そのまま覆いかぶさってくる。

――いつもいつも急なんだから！

それとも、悠一が恥ずかしがって逃げようとするから、急に襲いかかるしかないのかもしれないが。

玲児は優しく唇を重ねる。そこから彼の想いが伝わってくる。

「キス、だいぶ慣れたか？」

「……うん。少しね。きみは？」

「俺は一生無理かもしれない。ゆんちにキスするたびに、身体さわるたびに、心臓が破裂しそうになる」

ちょっとふてくされてしまった。

「ずるい。自分ばっかりそんなこと言って。ほんとは、おれだってそうだよ。強がっただけだよ」

あれから、毎日毎日くちづけを繰り返した。最初はぎこちなく唇を触れ合わせるだけだったが、だんだん舌を絡めたりもできるようになった。

お互いの身体を愛撫することにも、徐々に慣れ始めた。

おとといは玲児がフェラチオをしてくれた。お礼に悠一も、昨日初めて玲児のペニスを口に含んだ。

悠一の後孔も、玲児は少しずつ刺激していた。指一本入れるのも難しかった蕾が、今ではだいぶ開くようになった。

どちらも毎回真っ赤になってしまって、軽い刺激でも我慢できなくて暴発させてしまうが、一歩ずつという感じだ。

だが、——今日は予感がしていた。

たぶん玲児は一線を越える気でいる。

さっきさりげなく薬局に寄っていた。行為のためのものを買うのだと思ったから、あえてついていかなかった。

ベッドサイドテーブルには、その時のビニール袋が載っている。

心臓の鼓動が早まった。いつかは身体を重ねたいと思ってはいたが、……玲児のものは、正直に言うとかなり大きかった。あんなものが入るとはとうてい思えなかった。

悠一の怯えを察したのか、玲児は小さく尋ねてきた。

「怖いか？」

怖くないと言えば嘘になる。それでも、応えた。

「……わかってるくせに」

きみとひとつになりたいんだ。怖いよ、確かに。でも、身体を繋ぎ合わせたい気持ちのほうが強いんだ。

玲児はうなずいた。そこからはなにも言わずに、ヘッドボードに手を伸ばし、灯りを調節した。袋から取り出したのは、やはり潤滑剤がわりのオイルだった。

「愛してる、悠一」

「もう。よけいドキドキするから、やめろよ」

「おまえは？　俺のこと愛してないの？」

「そんなわけないだろ！　なに言ってんだよ！」

軽口を叩きながら、玲児の手は忙しなく動いている。できるだけ悠一を緊張させないようにしているのだろう。あっという間に服を剝ぎ取られてしまった。

のしかかり、胸を合わせてくると、どくんどくんと早鐘のような心臓の音が聞こえた。

玲児の心音と、それから自分の心音だ。

薄暗がりの中、淫靡な気配が強くなる。玲児も悠一も昂っていく。どちらも呼吸が荒い。

「腰、少し上げて」

枕をふたつとも悠一の腰の下に押し込む。身体を弄るために、玲児は毎回その形を取らせる。

この恰好、ものすごく恥ずかしいんだよ、と抗議したこともあったが、恥ずかしいからいいんだろ？　と一蹴されてしまった。

「悠一。愛してる」

二度目の言葉には、反論しなかった。

ぬるぬるする。オイルを塗り込められている。蕾を玲児の手で開発されていく感覚は、いつまで経っても慣れることはできない。

「……ぁ……そこ、………」

身体の中に驚くほど感じるポイントがある。探り出された時には、泣き出すくらい怖かった。狼狽と羞恥で身悶えた。人生が変わっていく気がした。

「大丈夫か？」

愛情のこもった優しい問いかけだ。

玲児はずっと待っていてくれた。無理やり抱くこともできたのに、悠一の身体と心が熟すまで根気よく慣らしてくれた。そんな玲児の気持ちに報いたい。

「うん。大丈夫」

今日はきっとうまくいく。そう確信していた。

玲児は脚のあいだに身を滑り込ませてきた。そのペニスはもうはち切れんばかりに昂っている。迎え入れる体勢で、悠一は膝を軽く持ち上げた。

「ごめんな。俺のデカくて」

「ほんとだよ」

笑わせた一瞬の隙を衝いて、玲児は腰を進めてきた。

——あっ、……つっ……。

歯を食い縛り、かろうじて悲鳴を上げずに済んだ。

開かれていく衝撃は凄まじかった。焼けた杭でも突き込まれ、みりみりと身体を引き裂かれているようだ。

しかし、強烈な一瞬を過ぎると、あとはずるっと一気に入ってきた。

感動で声が掠れた。

「……きみ、が……入って、る、…中に……」

全身が歓喜していた。ようやく玲児と愛し合えたのだと思うと、涙が溢れて止まらない。嬉しい。嬉しくてたまらない。

玲児も肩で大きく息をしていた。

「ああ。やっと……おまえと、ひとつになれた」

「うん」

「すげ、…締めつけられる。…死んじまいそうなほど、気持ちいい……」

素直すぎる感想に、拳で小さく玲児の胸を打っていた。

「しゃべるなよ。中まで刺激が来るから」

「ゆんちこそっ、しゃべるなって。…すげ、……なにこれ、吸いついてくるみたい……なんかやってる、おまえっ？」

「やってない、ってば！　……あっ、…やっ、も、駄目だって！　気持ちいいとこに……」

その一瞬後、どちらも「うっ」と低く呻いていた。

あんのじょう達してしまったのだ。

――すごい……熱い……。

自分の身体で、愛する人が達してくれている。自分の体内に射精してくれている。そして、自分もまたその刺激で達している。

喜びと幸福感で胸が熱くなった。

長く保たなかったことを、どちらも笑いはしなかった。

それは、どれほど長く、深く、相手を愛してきたかの証(あかし)だから。

「悠一。一生、いっしょにいような?」

「……うん。…うん」

「愛してるよ」

「おれも、愛してる、玲児」

くちづけはやはり涙の味だった。

目を瞑ると、瞼の裏に北海道の雄大な風景が広がった。

青い空と、緑の大地。

きっと自分たちは、あの地で、土と埃と汗にまみれて一生を終える。

すべてを包み込み、許してくれる大自然の中で、愛し合い、力を合わせて、自分たちだけの幸福の楽園を築く。

胸に込み上げるものがあった。

光に満ち溢れた未来が見えるようだった。

——おれたちは、ようやく、あの北の大地へ戻ることができる。

綿菓子の下で

1

流水玲児は、ベッドの隣で眠っている愛しい相手に、小さく呼びかけた。

「ゆんち……?」

ゆんち。悠一。

舌の上で飴玉を転がすように、何度も呼んでみる。

もう声に出して呼んでも許される。彼の名前を心の中、せつない想いで繰り返していたのは、過去の話だ。

「……う、…ん」

悠一の寝姿は、毎日眺めても飽きない。

起きている時にじっと見つめると恥ずかしがってしまうから、寝ている時に見つめることにしている。

――睫毛、長いな。

肌は、男とは思えないほど白く、すべらかだ。髪も瞳も茶色味がかっている。全体的に色素が薄いのかもしれない。

二十八歳になっても、少年の頃の面差しが残っている。昔の渾名が『王子』だった。からかわれているみたいですごく嫌だった、と悠一は不満そうにこぼしていたが、傍から見たら『王子』そのものの容姿だ。

かわいいと言ったらすねてしまうから、なるべく言わないようにしているが、高校の時、ウメコが言っていた言葉を思い出してしまう。

『ゆんちってさ、自分が美少年だってこと、ぜったいわかってないよね？』

確か、ボランティアで近隣の農家に行った時だった。

休憩中、山と積まれた牧草の上に座り込み、空を見上げていた。悠一はまだ作業をつづけていたから、ウメコと二人で話していた。

当時玲児は、あれこれ適当な言い訳を吐いて悠一に近づいていた。そうすると必然的に梅田康弘とも接点が増えた。

ウメコの言葉に、玲児も同意した。

『ああ。まったくわかってねぇな』

ウメコは、でかい背を丸めて、こそっと言った。

『ながみーにだけ言うけどさ、……僕、ゆんちのこと、好きなんだよね。ゆんち見てると、……なんか、Hな気分になる』

『へえ』

知ってたけどな、とは言わなかった。

なぜ、と問われたら困るからだ。俺もそうなんだとは答えられない。

『でも、ぜったい告白はしない。ゆんち、困らせたくないし』

『だったら、なんで俺に言ったんだよ』

『ながみーだったら、わかってくれるじゃん』

笑った。悠一が友人と認めているウメコを、玲児もまた好きになっていた。クラスのほかの連中とは上辺だけの付き合いだったが、悠一やウメコとは腹を割って話せた。

『ま、そうだな』

『わかってくれて、馬鹿にしたりしないじゃん』

『それも、そうだな』

馬鹿にできるわけがない。自分こそ悠一に邪な想いをいだいている。

ふいに、ウメコは空を仰いだ。

瞳を覗き込まなくても、どういうふうに映っているのかわかるような穏やかな表情だった。

空が真っ青で綺麗だなぁ。幸せだなぁ。気持ちいいなぁ。

ウメコの全身からそういう気持ちが溢れ出ていた。

『――帰りたくないなぁ。ずっと、ここにいたいなぁ』

やっぱりな、と思ったから、それには返事ができた。

『俺もだよ』

M学園に、北海道出身の生徒は皆無だった。みんなどこかからか逃げてきていた。それか、居場所をなくしていた。

悠一は農家さんを手伝い、軽トラの荷台に農作物を積んでいた。遠目で眺めながら、ウメコはつぶやいた。

『僕ね、……生まれてからね、こんな幸せで楽しかったこと、なかった』

『だろうな。ゆんち、おまえのこと馬鹿にしねぇもんな。裏も悪気も一切ねえから、みんないつの間にか毒気抜かれちまったしな。ああいうの、本物の天然って言うんだろうな』

『でも、ゆんちってさ、ぜったい悪いやつに騙されちゃうタイプだよね。自己評価、異様に低くてさ、……僕、ゆんちの将来が心配だよ』

『大丈夫だろ？　騙されても、本人は騙されたって思わねぇから。それに、ああ見えて、意外と根性あるだろ、ゆんちは。クラスの馬鹿どもにいじめられても、ケロッとしてたもんな』

あははは、と二人で笑い合った。

ウメコはまた空を見上げ、しみじみと言った。

『帰っても、ゆんちみたいな人に出会えるかな？』

『さあ。無理かもな』

ウメコには言っていなかったが、悠一の家庭環境はひどかった。人に迷惑をかけないように、高校を卒業したらさりげなく連絡を絶ってしまうだろうという予感があった。ウメコも同様のことを思っていたのだろう。

『ゆんちは無理でも、ながみーでも、いいや』

『なんだよ、俺でもいいのかよ？』

ウメコはこちらを向き、真剣な目でうなずいた。

『うん。ながみーでもいい』

嘘はつかない男だった。その素直さに心を打たれた。だから、せめてもの慰めを吐いた。

『二度と会えなくても、……池田悠一っていう人間がいたってことだけは、忘れねぇだろ？　一生覚えてて、心の支えにできるだろ？』

ハッとしたように、ウメコは瞠目した。

『ながみー、時々、いいこと言うよね』

『時々、かよ』

『うん。時々、だね』

またウメコは空を見る。涙が滲んでいたから、見ていないふりをした。

『………僕ねぇ、…ほんとは、こんな学園、初め、来たくなかった。むこうでいじめられてなかったら、ぜったい来なかった。でも、ゆんちとながみーに出会えたから、来てよかった。……ほんとに、ほんとに、来てよかった』

俺もだよ。

おまえと、それから悠一に出会えて、よかったよ。

もっと言えば、先生や神父さんたち、寮母さんたち、生徒全員、みんな出会えてよかったよ。

そう応えようと思ったが、ふいに目頭が熱くなった。ウメコの気持ちと共振してしまったのかもしれない。涙がこぼれないように、玲児も空を見上げた。

高い空には、綿菓子のような雲が浮かんでいた。

陳腐な感想しか湧いてこない自分の語彙力のなさに呆れたが、綿菓子はやっぱり綿菓子だった。ふわふわで甘い、幸せの形だ。

悠一の髪に指先を絡めて弄ぶ。

愛しいという感情はこういうものなのかと、自分でも驚く。

子供の頃からなにに対しても愛着を持てず、いつも斜めから世間を眺めていた。感動することもなかったし、なにかを美しいと思ったことすら一回もなかった。

——反動かもしれないな。

今、すべての感情は『池田悠二』に向いている。

あまり露骨に表すと怯えられてしまうと思って、必死で軽い男のふりを装っているが、たぶん隠しきれてはいないだろう。

目を覚ました悠一は、寝ぼけまなこで玲児の手を振り払おうとする。

「やめろよ、馬鹿」

「じゃ、キスにする」

ちゅっと唇を盗むと、悠一は恥ずかしそうに苦笑した。

「……もう。きみ、ほんと、キス好きだよね」

「なんだよ。おまえは嫌いなのか？」

「嫌いだと思ってた？」

いたずらっぽい言い方と上目遣いの微笑みが、かわいくてしかたない。どうしてそんなにかわいいんだよ！　とぐちゃぐちゃに髪を弄り回して、全身にキスしてしまいたくなる。

「寝起きは無理か？」

尋ねつつ、そっと身体に手を這わしていく。

「無理だって言ったって、やめてくれないだろ」

口を尖らせて言うくせに、潤んだような瞳で玲児を見る。

悠一の目を見ると、愛されているということがどういうことなのか、胸に沁み込むように実感できる。

愛撫していると、悠一はすぐに糸のような細い声を上げ始める。

「……はっ、あ……」

楽器のようだ。抱くたびに違う音色を発する。

無理させないように、抱くのはなるべく控えようと考えていても、悠一の顔を見ると欲望が抑えきれない。

北海道に来てから一戸建ての家を購入した。そばに畑もある。

仕事は、どちらも近所の酪農家の手伝いだ。

悠一は農大出身だから余裕だが、玲児にとっては学ばなければいけないことだらけだった。だが学園でやっていたお遊び程度ではなく、実際の酪農家にノウハウをきちんと習い、金を貯め、十年後くらいには自分たちの牧場を開きたいと話し合った。

焦るのは自分たちらしくない。一歩ずつ愚直に前進していこうと、悠一も言ってくれた。

甘い息を吐いて愛撫に身悶えている悠一に、そっとささやきかける。

「……な、俺たち、魔法使いになりそこなったな？」

もう返事はない。瞳の焦点が合わなくなっている。感じ始めた悠一の様子が、玲児をさらに燃え上がらせる。

——ウメコにだけは、報(しら)せておくか。

俺はゆんちを手に入れたよ。

二人で北海道に渡ったんだ。今いっしょに暮らしてる。

悪いな。でも、ずっとずっと長いあいだ悠一を好きだったんだから、許してくれよな。

ウメコは、わかってたよ、と言いそうな気がした。

悔しいけど、……ながみーが、ゆんちに惚(ほ)れてることくらい、僕にはバレバレだったし、
ゆんちがながみーのこと大好きなのも、めちゃめちゃバレてたからね。

2

悠一と暮らし始めて感心したこと。

料理がうまい。

料理だけではなく、家事一切がうまい。

掃除をすれば、あっという間に家じゅうを磨き上げてしまうし、洗濯も文句のつけようもないくらい完璧にこなす。

玲児は流水家の嫡男として、幼い頃から家政婦たちの仕事を見てきたが、プロの仕事にも引けを取らないほどだ。

反対に、自分はけっこうズボラでだらしないな、と反省した。

言ったら、悠一は笑った。

おれは昔から家事をやってるし、好きだから、任せてくれて嬉しいよ。それにきみは、人のすることを全部肯定的に見てくれるから、すごくありがたい。

おれにとってきみは、ズボラとか、だらしないとかっていうんじゃなくて、最高に理解のあるパートナーだよ、と。

キッチンからいい匂いが漂ってきた。腹が鳴る。胸がほっこり温かくなるような、クリームとバターの香りだ。

——今夜はシチューかな？

入っているのは、ごろごろと大きく切ったじゃがいもと、にんじん、玉ねぎ、鶏肉。

二人ともシチューが大好きだった。カレーもだ。とろとろに煮込んで翌日に回そうとしても、いつも当日に食べきってしまうほどだった。

畑で育てている作物は、今年はまだ収穫できていないが、来年には食べられるようになるだろう。

作物の成長は、心を豊かにしてくれる。

大自然の景色の移り変わり。くたくたになるまで身体を動かして、愛する人とともに夕飯の席に着く。

つくづく自分は都会生活には向かない人間だったのだと痛感させられる。

人々のお世辞と愛想笑いに囲まれた日々はつらかった。みな腹を探り合い、嘘に嘘を塗り重ねていた。

むろん都会でも心根の美しい人々はいるだろう。しかし自分のまわりにはいなかった。

典代と織音、それから大沢だけだった。信用できたのは。

——うまくやっているかな。あいつらは。

時折心の痛みとともに思い出す。父は追っ手を放ったはずだが、この地までは届いていない。きっと最後まで逃げおおせるはずだ。

典代の言ったとおり、あの男は、不肖の息子などに愛情は持っていなかった。素直で頭のいい孫が育てば、そのうち玲児に対する興味もなくなるだろう。

それでいい、と思う。みんな幸せでいてくれと願う。

あんな父でさえも。

自分が幸せを手に入れた今だから、そう思えるようになった。

夕食後は、暖炉のそばで寛ぐのが日課だった。

テレビもネットも見ない。悠一も玲児もそれほど好きではないからだ。

ふかふかの毛足の長い絨毯の上、クッションをいくつも置き、二人抱き合って語り合う。

「な、ゆんち、いつから俺のこと好きだった？」

頬をくすぐりながら尋ねると、悠一は照れ臭そうに微笑む。

「わりと早いうちだよ。一学期には、もう好きだった」

「どういうとこが？」

う～ん、と考えて、

「あの時かな？　ウメコがいじめられてる時に、きみ、そんなことするとダッセーぞ、って言っただろ？　あの時、かっこいいなって思った」

面映ゆかったが、言い返した。

「へえ。勝ったな。だったら俺のほうが先だ」

「うそっ？　いつ？」

「入学の、クラス顔合わせの時。一目惚れだった。すごい綺麗な子だと思った。それから毎日毎日どんどん好きになってった」

「綺麗って、…おれ、男だぞ？」

「でも、本当にそんなイメージだったんだ」

悠一を腕に抱き込み、頬にくちづける。

「外見もそうだけど、内面の綺麗さが表に出てるっていうか……おまえ、ぜったい人を恨む言葉とか、吐かないだろ？」

親にないがしろにされても、弟や婚約者に裏切られても、いまだにひとことも怒りの言葉を口にしない。

「俺にとっておまえは、……なんだろ？　…ダイヤモンドダストの中……なんていうかさ、キラキラの光の中でさ、背筋をスッと伸ばして立ってた、あのイメージのままなんだよ」

悠一は恥ずかしそうに言い返してきた。

「なんだよ、その話。……ダイヤモンドダストの中っていったら、真冬の朝だろ？　それ、牛小屋掃除の時じゃないか」

弾かれたように、同時に笑った。

「そうだな。作業着で、長靴履いてるイメージだな。レーキで牛糞掻き終わったあと」

実際にはそんなシーンのはずなのに、玲児の目には、極寒の地、張り詰めた冷気の中で凛と立つ少年は、孤高の誇りをまとっているように見えた。

人に媚びず、阿らず、誰も傷つけず、理不尽さえもを静かに受け入れる。

美しいものを見たと思った。生まれて初めて、美しい心の人に出会えたと思った。こういう人間のそばにいたら、自分の醜さも、穢れも、いつか浄化されるのではないかと思った。

しかし今は、そういう感情だけではない。

悠一を守りたい。彼を傷つける存在すべてから、自分が盾になって守ってやりたい。

悠一も少し考えて、言い返してきた。

「おれのほうの、きみのイメージは、……う～ん、礼拝堂で祈ってる姿かな？　礼拝の時間じゃない時でも、よく祈ってただろ？」

顔から火を吹きそうになった。

日曜の朝には礼拝に参列させられたが、たぶんその時の話ではないだろう。

礼拝堂の鍵はつねに開けてあったので、祈りたい者はいつでも自由に入れたのだ。

「うわ、はずっ。あれ、見てたのか」

「うん。おれも時々行ってたし、きみがあんまり真剣に祈ってたから、声、かけられなかったんだ。いつも、なに祈ってたの？」

今さら隠す必要もないだろうと、白状した。

「おまえの幸せを」

「えっ？」

よほど驚いたのか、悠一は目を見開いている。

本人は家族の悪口は吐かなかったが、事情を知った人間は、ぜったい強い憤りを感じたはずだ。どうしてこの清らかな心の少年がそんな重荷を背負わなければいけないのかと、会ったこともない池田家の人間たちを恨み、軽蔑した。

それでも、悠一本人は親兄弟を憎んでいない。

だからこそ、祈りたかった。

「池田悠一が幸せになれますように。おまえが心から愛し、おまえを心から愛してくれる相手と、生涯幸福に暮らせますように、って」

礼拝堂で主に祈りを捧げた時の、救われた想いが蘇(よみがえ)る。

ああ、俺はまだ人のために祈ることができる。自分の中にも、きちんとそういう綺麗な部分が存在していた。

あの時の美しい少年は、今自分の腕の中にいる。考えるたび、夢のようだと思う。

「俺の祈りは、届いたのかな？」

悠一の目は潤んでいた。

「……うん。…うん」

自分のこの手で、おまえを幸せにできる。俺は、おまえの未来を守らせてもらえる。

今でも信じられない。

あきらめないでよかった。

「ありがとう」

自然に言葉が口をついて出ていた。

「俺を好きになってくれて。俺と生きることを選んでくれて、ありがとう」

悠一は、こつんと玲児の胸に額をぶつけてきた。

「おれこそ、ありがとう」

告げてから、恥ずかしそうに怒った顔を作ってみせた。

「でも、――きみって、知れば知るほど、イメージ違うよね」

「そうか？」

これ以上、好きにさせないでほしいな。今でも、ものすごく好きなんだから。
悠一のそのかわいい言葉は、最後まで聞けなかった。
唇を重ねて吸い取ってしまったからだ。
だが、未来はまだまだつづくのだから、明日聞けばいい。
お互いに何度でも相手への愛を告げて、生涯仲よく、幸せに暮らすのだ。
明日も、この地の空には、甘くてふわふわの綿菓子のような雲が浮かぶはずだ——。

あとがき

こんにちは。吉田珠姫です。

今回は、初恋の人が忘れられない二人の、せつない恋物語です。

二見様ではこれまでエグ味が強い話ばかりを書いてきたので、「えっ?」という方もいらっしゃると思うんですが——とにかく、純愛ものです。Hも少なめです(笑)。

ところで、北海道には以前七年ほど住んでおりまして。本文内での描写はその頃のことを思い出して書きました。

しばれるという表現がありますが、本当に、肺の中まで凍るような寒さでした。

ぎっくり腰も二回なりました。その前も後も、ほかの地方に住んでいる時には一度もなっていないので、やっぱり寒さが身体に影響したんだと思います。

それでも、あの美しく雄大な景色は忘れられませんね。

食べ物もとてもおいしかった。とくに記憶にあるのは『ウニ』! それまで大嫌いでぜったい食べなかったものが、北海道で試しに一回口にしただけで、どハマリしました。まったく味も風味も違うんですよ！　びっくりです！

今は流行り病でなかなか旅行もできないご時世ですが、落ち着いたらまたぜひ行ってみたいですね。

では、——末筆になりましたが、イラストの古澤エノ先生。かわいい悠一と、ちょっとヤンチャな玲児、イメージぴったりです。キスシーンが最高です！　本当にありがとうございました！

ということで。

吉田には珍しい純愛話ですが、お愉しみいただけたら幸いです。

吉田珠姫　拝

本作品は書き下ろしです

吉田珠姫先生、古澤エノ先生へのお便り、
本作品に関するご意見、ご感想などは
〒101-8405
東京都千代田区神田三崎町2-18-11
二見書房　シャレード文庫
「初恋の傷跡～あの日、菩提樹の下で～」係まで。

初恋(はつこい)の傷跡(きずあと)～あの日(ひ)、菩提樹(ぼだいじゅ)の下(した)で～

2022年6月20日　初版発行

【著者】吉田珠姫(よしだたまき)

【発行所】株式会社二見書房
東京都千代田区神田三崎町2-18-11
電話　03(3515)2311[営業]
　　　03(3515)2314[編集]
振替　00170-4-2639
【印刷】株式会社 堀内印刷所
【製本】株式会社 村上製本所

ISBN978-4-576-22076-5

https://charade.futami.co.jp/

今すぐ読みたいラブがある！

吉田珠姫の本

神官と王のファンタジック・ラブロマン

神官は王を惑わせる

イラスト＝高永ひなこ

侈才邐国の若き王・羅剛と神官の最高位「聖虹使」を務める妃の冴紗。ある日、聖虹使の行幸を願う使者が訪れる。命を賭してやってきたと思しき姿を哀れむ冴紗を撥ねつけることなどできない羅剛は、飛竜を駆り、未踏の地・花爛帝国へ赴くことに。神官シリーズ最新作！

CHARADE
BUNKO

今すぐ読みたいラブがある!

吉田珠姫の本

鬼畜

それから、……本格的な凌辱が始まった

イラスト＝相葉キョウコ

祖父母の死により実家に戻ることになった大学生の文人。成績優秀で友だちも多いという二つ年下の弟・達也は文人を歓迎する。しかし文人への執着を露わにした達也は家という密室の中、逃げるすべを失った文人を風呂場でやすやすと犯す。兄を精神的支配下に置いた達也の行為はエスカレートし……。